U0934683

刘辰希 著

日本黑帮

重庆出版集团 重庆出版社

图书在版编目（CIP）数据

日本黑帮/刘辰希 著.-重庆：重庆出版社，2009.10

ISBN 978-7-229-01231-1

Ⅰ.日… Ⅱ.刘… Ⅲ.长篇小说-中国-当代 Ⅳ.I247.5

中国版本图书馆CIP数据核字（2009）第161299号

日本黑帮

RIBEN HEIBANG

刘辰希 著

出 版 人：罗小卫

策　　划：华章同人

责任编辑：陈建军

特约编辑：苏俊祎

封面设计：回归线视觉传达

重庆出版集团 重庆出版社 出版

（重庆长江二路205号）

北京联兴盛业印刷有限公司 印刷

重庆出版集团图书发行公司 发行

邮购电话：010-85869375/76/77 转 810

E-MAIL：sales@alphabooks.com

全国新华书店经销

开本：787mm×1092mm 1/16 印张：15.25 字数：180千

2009年10月第1版 2009年10月第1次印刷

定价：25.00元

如有印装质量问题，请致电023-68706683

你我都应该明白，生意才是最重要的。

好，那我们就谈生意，我死了五个人，你该不该埋单?

【引卷】

“开车!”

随着计程车门关上的刹那，新宿街头的喧嚣戛然而止。久久不能平复的，不止荒川赍的呼吸，还有他的心绪。脑袋还在嗡嗡作响，似乎在快速地收缩和膨胀，像是快要炸掉似的。他的额头渗出细密的汗水，长长的刘海纷乱地遮住他慌乱的眼神。这一切都太突然了，就算是预料中的，却仍然让人感觉太突然了……

“先生，你是要去哪里呢?”

“横滨，去横滨!”

“横滨吗？真是不巧了，我是台东区的车，再过一个小时就得去交班呢。您看……”

荒川赍慌乱地在身上翻找，他甚至忘记了自己的钱夹放在哪儿。他将手伸进西裤的口袋里，却摸到一个小小的玻璃瓶。那是个盛放着几颗糖果的玻璃瓶。他轻轻地碰触着，一丝冰凉传过手心。很早的时候就有人将毒药做成糖果的形状——那些糖果身着美丽的糖衣，却是致命的剧毒，所有的甜蜜与温馨只是剧毒化开前短暂的幻影。这样肤浅的道理，在这片森林里滚着刀尖过来的赍，却都忘得一干二净。他心里狠狠地一痛，然后那痛苦开始在血液里蔓延。

“哎哟，先生，你的头皮擦破了，在流血呢。哎呀，这可真是糟糕的情况呀，要不我先送你去医院吧?”

唧唧歪歪的计程车司机打断了赍的思绪。赍找到钱夹，把里面的现金全部扔在驾驶台上。司机瞄了一眼，足足有五六万日元呢！

“横滨。麻烦开快些。”

司机先是一愣，然后咂咂嘴说道：“看来先生的确是有急事呀。我也是个热心肠的人，你知道吧？台东人是最乐于助人的。那我就快马加鞭啦！”

赍侧过脸，不再答理司机。窗外掠过东京绚烂的街景，高楼林立，霓虹闪烁。再熟悉不过的一切，此时此刻却给赍带来一种初次来到东京时的陌生感。当时的陌生夹杂着的是兴奋与憧憬，而此时却夹杂着恐惧和悲哀。

路过东京塔的时候，赍仰起脸来看那座泛着温馨的橘红色光芒的美丽建筑。所有的橘红色回忆都被流光漂成了灰白色。属于这里的令人心暖的一切在此刻被证明都是假象，都是虚伪，都是幻影，都是冰冷。

就在几分钟之前，赍与死亡擦身而过。在这座城市里醉生梦死又如何？声色犬马之后，还不是命运的炮灰？这是一条不归路，大家都在硬着头皮往前走，栽倒后就是三尺黄土，所有的人都一样。赍看看自己，身着范思哲的西服和衬衫，脚踏普拉达的皮鞋，打着纪梵希的领带，戴着劳力士手表，一条项链也是蒂凡尼的。但那又怎么样？几分钟前，他差点丧命。而将他引入圈套的人，竟是他的最爱！他满足她，不惜一切。他以为有些情感这一辈子都不会变质，死都不会，可是他错了。然而他已无法选择，从走上这条路开始，就是一错再错。

“据前方记者发回的消息，在新宿和池袋附近同时发生枪击事件。警方已经封锁了该地区，目前是否有人员伤亡还不清楚……近期东京发生……”

赍伸手关掉了收音机。一辆警车正从他们身边开过，赍眼神凶狠起来。他松松领带，解开衬衣最上面的三颗纽扣，坚实胸膛上的刺青隐约可见。司机的不安这时似乎被证实了，他咽了口唾沫，再也不敢往赍这边看一眼。

“我家里还有老母亲和五岁的女儿……”说完，司机再也没敢说第二句话。

听到“母亲”这个词，赍的思绪不可避免地跳回到美丽的秋田。然而那样的日子也苍白了，因为结局的悲凉而随之苍白。所有的愉悦与温暖都因疼痛和仇恨而被抹去。赍甚至想不起母亲的样子来，她似乎是个勤劳的女人，周而复始地做着家务，从来没有停下过。真是个令人心碎的人啊！然而，这个勤劳朴实的女人却是个有血性的人，虽然从未说过什么，但她用行动来告诉赍：做一个有血性的人！哪怕是死，也要维护这个姓氏的荣誉。

赍坚信自己有这样的品格和情感，但现实中命运无情地嘲讽他所坚信的东西。而有一种东西却不断沉淀下来，那就是仇恨。

神忘记了宽恕，却偏信于惩罚。

赍身上的刺青隐隐作痛。

“赍，我不能再给你打电话了，你到山下埠头的十七号口。”打来电话的饭盛丸说完便挂断了。这个时候，无论是警方还是家族的人，都想找到他们。整个东京地区，早已是天罗地网。

“山下埠头十七号口。为了你的母亲和女儿，请你按我的话做。”

司机满脸汗水，除了机械地驾驶着车在公路上疾驰，他连说话的力气都快没有了。

“先生，老大，前面收费站……”

“有面巾纸吗？”

赍将遮光板拉下来照了照，他面无人色的脸上的血已经干了。

“在储物箱里。”

赍拉开储物箱，取出面巾纸擦脸，因为血已干了，脸越擦越花。

“妈的！你有别的衣服吗？”

“衣服？后备箱有一件夹克。”

“停车，去取。记住，别乱来，我要杀你易如反掌。”

司机早已吓傻，乖乖靠边停车，去取出了夹克。赍则把自己的西装扔到了护栏外。

车驶到收费站，窗口的职员说完“你好”，探头向车内张望。

“啊，你们真是够辛苦的，这么冷的天。”

“是吗？还好吧。最近很不安宁，所以正赶着回家呢。”

“回家？你不是台东的车吗？”

“啊，是啊。哈哈，最后一趟了嘛。送个熟人，酒喝多了。快过节了嘛，大家都这样！”

“是吗？那你路上小心吧。”

车驶出收费站，司机和荒川赍都惊出一身冷汗。

“刚才那个人、你和我都命悬一线，你知道吗？”

赍奇怪地笑起来。他也不明白自己为什么笑。他的内心充满了恐惧，但却又觉得这只是一场命运的玩弄——命运决定谁在什么时候死去。

终于到了埠头，几个身影向这边走了过来。

“我求求你……我什么都不会说的。我也什么都不知道，我真的不知道你是谁，求你给我一条活路……”

司机哭了出来，眼泪和鼻涕流作一团。他低声哀求着，他不知道自己会不会死在这个荒凉的码头，自己被扔在荒野的尸体会不会在几天甚至更久以后才被发现。而本来他应该在接一趟市内的客人之后，去台东交车，然后舒舒服服地回到家里，吃一碗妻子做的拉面，跟母亲闲扯几句，然后和女儿说晚安。而现在他却要面对命运的宣判。他什么也没做错，却可能会死在这个与平时没什么两样的晚上。

饭盛丸走了过来，赉叫司机下车。司机没办法，只好哆嗦着跟着下了车。

饭盛丸走上来什么也没说，只是结结实实地给了赉一个拥抱。他抱着赉，赉能感觉到饭盛丸的身体在瑟瑟发抖。

饭盛丸扭头看了一眼司机。他二话没说，抽出枪走上前去。司机“扑通”一下跪倒在地。

“大丸，别杀他。”

“不能留后患，为了你。”

“我们已经没什么可输的了。他是无辜的，也帮了我。给他二十万日元，放他一条生路。他不会说什么的。”

大丸对着米叔点了下头，米叔的手下将司机拉开了。

大丸拉着赉向船那边走去。

“米叔的船要运一批货去泰国。这是离开这里的最后机会。”

“我们不能一走了之。苍之介、雨还有宇佐美君他们怎么办呢？”

“我刚才接到消息，他们没一个活着出来。休虎要赶尽杀绝，第二军团全完了。”

“这么说，他和武田家妥协了？”

“是，东京太平了。”

“呵呵，以我们的血为代价？”

“你知道的。你心里应该明白，必须有人死。别说了，先上船。”

两人上船之后，米叔出来跟赉击拳拥抱。

“你没事就好。”

“东西都准备好了吗？”大丸问米叔。

“没问题了。”米叔回答。

“赍，这张卡你收好。这里面的钱警方是查不到的，可以放心用。”赍察觉大丸的话有些不对劲，同时想到一向冲动的大丸此时此刻却异常冷静，便问道：“大丸，你这是什么意思?”

大丸一把抓过赍，将两人的额头紧紧贴在一起，表示就算是天塌下来这样的事情，两人也能扛过来。十几年来，赍从未见过大丸如此伤痛的表情，那是一种撕心裂肺的伤痛。

“赍，夕子死了。”

赍发现不对，想要挣开，却感到脖子一疼，眼前一黑，晕了过去。

“米叔，开船!”

大丸将赍抱进船舱，出来之后，被米叔一把拉住。米叔一言不发，只是怔怔地看着大丸，他用眼神对大丸做最后的挽留。

“我心意已决。接下来的路，你陪赍走吧。我相信你。”

大丸说完挣脱开米叔的手，跳上了岸。

“你可以和赍一起走。你们还年轻，还可以东山再起呀!”米叔明知无用，却还是忍不住叫了出来。

“米叔，告诉赍，叫他给我好好活着!”大丸转身离开，他抱定了一死的决心。

“赍，对不起。在东京轰轰烈烈的一死，就是我最后的觉悟。”

远洋的汽笛已经响起。而在码头外的杉树林里，出租车司机被击毙。在这个繁华大都市的边缘，他面对的就是这样荒唐的命运。

当晚，上杉家族第二军团副将饭盛丸被击毙于上杉家府邸，血肉模糊，死得异常惨烈。

隶属第二军团的另两名副将：毛利苍之介被击毙于自己的轿车中；高梨雨的尸体被发现在港区附近的一座垃圾站中。之前遇刺的还有上杉家族高级参谋宇佐美戊辰。

第二天，东京地下世界两大势力——上杉家与武田家双方高层展开正式和平会晤。长达四日的会晤结束之后，上杉家族宣布放弃对东京北部新宿、中野、丰岛、文京、荒川及台东各区的控制，许诺在三个月内撤出全部势力；武田家将给予上杉家最大可能的帮助与支持，包括一些资金与关西地区的生意资源。

这样一来，上杉家族以第二军团全军覆没的惨痛损失为代价，结束了和武田家族在东京长达十余年的角逐，而持续五年之久的上杉家与武田两大家族势力的明争暗斗也宣告结束。黑帮械斗、暗杀现象大幅减少，平稳安定的局面由此展开。武田家迎来了在东京控霸的全盛时代。

而在这之前的五年，上杉家和武田家展开了怎样激烈的争斗？来自秋田县的少年荒川贲，又是怎样在东京闯荡，开辟天地，成为显赫的上杉家第二军团主将，成为名噪一时的东京黑帮传奇人物？那个装着糖果的玻璃瓶又承载着怎样的青涩回忆？……

伴随着轮船远航的汽笛声，追随着荒川贲纷乱的思绪，本书将揭开传奇背后那些不为人知的故事。

【第一卷】

在南鹿半岛的日子，荒川赉早已记不太清了，那毕竟是在四岁之前的一段时间。他只记得冬天的海风又冷又咸，狭窄的屋子里总是充满一股腐烂的鱼腥气；从村口的那条小路延伸出去，似乎是在很远的山脚下，才能坐到去城里的汽车；山路崎岖，两边的荒草丛中，是孤零零地散落在平原上的坟墓。

父亲的样子早已模糊了，只记得他是个龌龊的人，总是一边吃着变质的沙丁鱼，一边用手指抠脚丫子。他时常破口大骂，怨天尤人，声音大得连木屋子都快要被掀翻似的。而赉的母亲荒川美优子却是个忍气吞声的人，一天到晚总是在做家务，忙个不停。

赉四岁那年，父亲突然死去。记不清是疾病还是海难，总之美优子以后没有再提起过她男人的死。

那年，美优子带着她四岁大的儿子荒川赉，赶上去南鹿城的汽车，然后再坐火车去投奔她在秋田的亲戚。

那年冬天的雪铺天盖地，似乎人们做什么都没了精神，都不如躲在被窝里冬眠的好。守着暖暖的炉子，男人们喝些清酒谈天说地；女人们则在旁边修修补补，做着各自的事情；贪玩的小孩们也不出门了，有几件城里百货大楼新上市的玩具，有几部电视里面播放的动画片，就足以让他们乖乖待在家里，而不是在会冻死人的天气里，打什么蠢透了的雪仗。

黄昏时分，美优子带着孩子下了火车，街上几乎没有行人。不知道是被咸腥的海风吹的，还是因为伤心，美优子时常流泪，双眼红红的，视力下降得厉害，甚至连站牌上的地名都很难看清了。她拉着孩子，踮起脚尖，努力想在线条密布的公交地图上寻找一个熟悉的地名。

“妈妈，饿。”

那个时候的赍并不知道“饥寒交迫”这个词，他只想，如果有一碗热腾腾的拉面摆在面前的话，是多么幸福的事情。他实在是太饿了，但是母亲不敢把钱花在食物昂贵的火车里。

“好，马上就会有吃的了。”

美优子有些焦急，她眯缝着眼睛努力辨认着那些地名。终于，她找到了目的地的位置。她把赍背在身后，迎着寒风，沿着街道向前走。那风简直要把她的喉咙割破了，她觉得她的脸僵硬得像被打上了石膏。刀片样的风不断切割着她的膝盖，她穿的裤子实在是太薄了，因为她把棉裤脱下来裹住了赍的身体。她感觉不到饥饿，只是每移动一步，她都感觉到生命之火黯淡了一分。她企盼快一些，再快一些。她的手已冻得失去了知觉，她一定要在无法移动脚步之前，到达亲戚家。终于，他们来到了一条满是旧民居的街道，就是这里了。

美优子仔细辨认着门牌上的字迹，她不希望在这样寒冷的天气里打扰到别的家庭，让那些坐在火炉或者暖气边的女人为一个走错门的陌生人忍受寒冷——她就是如此善良的一个女人。

再三辨认之后，确信是亲戚家了，她才按动了墙上的门铃。

“谁呀?”良久之后，门后才响起一个男人不耐烦的声音。

“对不起，我是荒川美优子。”她竭力打起精神，礼貌地说。

开门的是一个穿着和服、满脸胡楂的中年男人，他探头向美优子瞅了一眼。这个男人美优子并不认识，她有些吃惊，但随即又恢复了平时的随和表情。

“请问是川口家吗，川口一夫家?”

“哦，不是，他两年前就搬走了。你看门牌了吗？这是川岛家。川口一夫一家已经搬走了。”

“哦，谢谢。真是不好意思，打扰了。”

美优子抱歉地鞠了一躬，那男人随即把门关上了。

美优子心里充满了绝望。她身上没有多少钱，又没有一技之长，眼睛又看不清了。而且，这一刻她实在是走不动了。她背上的贲没有再出声，他的气息很微弱了。她心疼地抚摸了一下贲的额头，发现竟然那么烫。贲的小脸红中透紫，显然是发烧了。

她无能为力，她不知道医院在哪里。迫不得已，她再次敲响了川岛家的门。

“对不起，实在对不起，我的儿子生病了……”

美优子惊慌失措，眼泪夺眶而出。那男人向她怀中的孩子探出手：

“这么烫！快进来吧。”

不管怎么样，在那个寒冷的夜晚，一个叫川岛的男人救了贲的命。他将贲送到离他家最近的诊所，并给美优子买了便当和咖啡。他照顾贲直到大半夜，并允诺会在第二天再来看他们。美优子把所有的钱都用在医药费上了，现在她已身无分文。

那个男人第二天如约来了，提着一些水果和饼干。他刮干净了胡子，头发也打理整齐了，看起来也就三十来岁的样子。他推开门的时候，美优子并没有醒来。他看看病床上虎头虎脑的贲，然后绕过病床，从袋子里取出一条毯子，披在美优子的身上。

“啊，是您……”

美优子醒了，看了看眼前这个男人，有些语塞。也许是脑袋里还装着刚才做的一大堆稀奇古怪的梦，来不及做出反应，她尴尬地笑了笑。

“早上好，你醒了。你儿子好些了吗？昨晚还好吗？”那男人说着，把水果和饼干放在了床头柜上。

“还没请教您的大名？您真是我们母子的恩人，实在是太感谢您了，真不知道该说什么才好……”美优子站起来，向叫川岛的男人鞠躬。

“啊，我叫川岛正雄，请多指教。别您啊您的这么客气，叫我正雄就好了。”

“我叫荒川美优子，请多指教。这是我的儿子，荒川赉。”

“荒川赉啊，真是特别而又威武的名字呀。”

“随便取的，我们是小地方的人……”

“哪里的呢？是川口一家的亲戚吗？他们走了好久了，我也是后搬来的，无法给你提供他们的地址，实在抱歉。”

“您太客气了，已经很麻烦您了。我们来自南鹿的一个小渔村。孩子的父亲过世了，没有可以挣钱养家的人了，所以我们来投奔亲戚。”

川岛正雄点点头，表示理解和惋惜。

“对了，夫人还没吃东西吧？我买了泡面，还是我们出去吃？”

美优子的确是两天都没吃东西了，饿得都忘记饿了。她有些不知所措地接过川岛正雄递来的泡面。

“妈，我饿了！”这个时候赉醒了过来。

接着他吃了两包泡面，一盒饼干和两个苹果，狼吞虎咽，简直没有一点儿生病的样子。川岛正雄又和美优子聊了一会儿，便去上班了。

川岛正雄三十多岁，毕业于一所名牌大学的商科。以前他在仙台的一家大公司做会计，前年妻子因为难产去世，伤心欲绝的他回到了家乡秋田。他在老街租下了那栋宅子，找了份清闲的工作，一边照顾年长的父母，一边却又沉浸在丧妻的悲痛中，无法自拔。他整日酗酒，父母也拿他没有办法。川岛正雄是个心地善良的人，却遭遇这样大的不幸，所以当他看到带着孩子的美优子虚弱地站在自己面前时，怜悯之情油然而生。

"暂时在我家住下，做家政也好啊。工作和房子你都可以慢慢找。"当贲病好之后，川岛正雄很诚恳地说，"这个意思，也是征求过我父母的。你们母子是可怜人，在这样艰难的时刻，良心是不允许我坐视不理的。"

川岛也知道，孤男寡女，会招致许多非议，但想帮助这对母子的情感是真挚的。

本来美优子想拒绝，她是个传统的女人，但她实在没有办法。川岛先生的恩情自己无论如何是要报答的，但要她现在在这个陌生的地方找到工作，养活自己和儿子都很困难，如何能报答自己的恩人呢？眼下也只有这样了。

"川岛先生，有什么事情尽管吩咐我做好了，您的大恩大德我实在不知道该怎么报答才好。我们母子只需要一间房就好了，我会尽快想到办法的。"

"不用，房间空着也是空着。家里就我一个人，实在是没生气。我应该感谢你们母子才是呢。"

于是，荒川美优子带着四岁的贲搬进了川岛正雄家。贲终于住进了一所像样的房子。而秋田的一切对于这个四岁大、来自小渔村的孩子来说，都是崭新的。

川岛家来了一位带着儿子的年轻妈妈，这样的事情自然不会被街上的长舌妇放过，闲言碎语在所难免。每当美优子出门采买东西的时候，总会引来街边角落里的目光。

“挺年轻呀，听说是南鹿投奔亲戚的。”

“川岛不是鳏夫吗？难道是新的女友？但是好像还带着孩子。”

“是外面的女人吧？孩子是私生子吧？真是荒唐的事。”

“川岛那人也是很邋遢的样子，做出这样不成体统的事，也是意料之中的。”

“现在的年轻人，不知道思想出了什么问题，一点儿都不洁身自好。”

这样的谣言不胫而走，整条街都在议论。传到美优子耳朵里时，她迅速躲进屋里失声痛哭。她是为川岛先生感到委屈，这样善良的人却受到如此非议。

那天，美优子打扫好房间，并做了可口的饭菜，然后便收拾起行李。她不能再为恩人带来更多的麻烦。贲看着自己的母亲收拾衣服，似乎知道好日子要结束了似的，故意去捣乱，被妈妈狠狠打了屁股。贲撒完气就累了，倒在榻榻米上呼呼大睡。

“川岛君，我们母子俩给您添了太多的麻烦，不能再继续待在这里了。”当川岛用完晚餐，美优子诚恳地对他说。

“我有哪里做得不好吗？”

川岛正雄在美优子母子来之后就很少喝酒了，只是晚餐时喝少量的清酒，也没有喝醉过。他也不知道自己是由于怎样的动力，一下子把酒戒掉了，但美优子母子为这个家带来的生机与快乐，是不言而喻的。他们为他带来了改变，他不仅戒掉了酒，而且三餐有序，注意自己的仪表，穿着也恢复了体面，上班也有了精神——他感觉到自己在生活着，而不仅仅是活着。他对她突然提出离开感到吃惊。

“没有，川岛君。您是我们母子的恩人，我只是不想给您带来麻烦，带来烦恼。”

“那……啊，是因为外面的那些闲话吗?”

美优子低下头，眼圈又红了。她想到那些谣言，委屈害臊得发疯。她就是这样一个传统的人，甚至可以为维护清白与尊严去死的那种女人。

川岛放下酒杯，叹了口气。他不理解她为什么会为别人的闲话困扰，反正他是一点儿也不在乎。那些臭婆娘，不做一点儿正事，家里不打扫，饭做得不如超市的便当，整天唧唧喳喳的，就爱对别人评头论足，简直太愚蠢了。

川岛没有埋怨和解释什么，他只是沉默了一会儿，然后抬起头看着美优子。他注意到美优子的眼睛红红的，他想起美优子的视力不好，还总是这样哭，搞不好会失明的。

“美优子，你应该去看看眼科，我明天带你去吧。”川岛的声音自然而温柔。美优子吃惊地抬起头，她无论如何也没想到川岛会说出这样一句话。她只是傻傻地仰着脸，她看不清川岛的脸，因为泪水模糊了她的眼睛。

“好了，美优子，明天我带你去看眼科吧。中午我回来接你，早饭还要拜托你啦，哈哈。”川岛爽朗地笑了。

他又走到贲的身边摸摸他的头：“按贲的年龄早应该去上幼稚园了。美优子，我想我们应该考虑这个事情才是。”

美优子不知道说什么才好。从她嫁到荒川家以来从未感到过像今天这样的温暖。那个粗暴的渔夫只是把她当做发泄的工具和用人；那个爱抠脚丫子的男人从未对她用商量的语气说过话。美优子在荒川家生活的五年时间简直就是在地狱里度过的，她找不到作为一个人的尊严。她没想到自己的父亲会为了几十斤海鱼和一块金表就把女儿送到那样落后的地方。现在要她离开川岛家，她有一百个不愿意，好不容易下定的决心，却因为川岛的两句话就瓦解了。再等等吧，美优子只能这样想。她的脑袋乱作一团，她的心却是温暖的。

这样一等，就到了第二年。美优子戴着眼镜在家里研究清淡可口的料理，荒川赍在附近的幼稚园上学。他皮肤黝黑，沉默寡言，不像其他男孩子一样活泼好动，但如果你以为这个小男孩好欺负，那可就错了。你要欺负他，他会一句话不说，然后像一头老虎那样扑过来。他随和的眼神会变得凶狠，他会疯狂地掐住你的脖子，抽你的耳光。他个子很小，却拥有惊人的爆发力和狠劲儿。如果他说话多一些，也许可以成为孩子王，但他沉默寡言的个性，让别人以为他是个怪人，所以他显得被动而孤立。

荒川赍对同学们的冷漠不以为然，他有自己的世界。他深深为当时热播的动画片《圣斗士星矢》着迷。他把自己当成里面的人物，他与那些圣斗士一起战斗。他为他们的牺牲精神而流泪，为他们的胜利而感到由衷的骄傲。他不像其他喜欢这部动画片的男孩子一样，在幼稚园里扮演着里面的角色追来打去。他只把他对“圣斗士”的爱与向往深埋在心里，并发誓将来要成为那样的斗士，像星矢保护雅典娜一样，保护他的母亲，保护他爱的人和他珍惜的一切。

所以如果他要打架，必然是为了保卫而不是侵略。在一次游戏中，他不小心踩到了一个男孩儿的鞋子——那是双崭新的小皮鞋，那男孩儿为此已经炫耀了一个上午。

“你妈妈是个婊子!”

赍正准备说出的表示歉意的话卡在了喉咙里，他紧闭双唇，扑了上去。

美优子流着眼泪，把赍领回家后，不顾川岛的劝阻，把他痛打了一顿。

“我告诉过你，不要惹是生非，你怎么这样不让人放心？你怎么就不愿意做个乖孩子？我叫你在幼稚园少说话，你竟然去打别的孩子，你让我还有什么脸面？”

贲并没有告诉母亲他是为了什么才去打那个男孩儿。他不为自己辩解，是不想让母亲因听到那样污秽的言词而伤心。他为了维护母亲的尊严和荣誉而出手，他也会为了母亲的心灵不受到伤害而委屈自己。贲在五岁的时候就有了这样的觉悟，这样的觉悟成了他终其一生的信仰。

“我不许你再看什么‘圣斗士’了！”

哪怕是这样无理而令人痛苦的要求，贲也没有拒绝。他觉得自己已经拥有着“圣斗士”的精神和觉悟了。他为此而得意，也没有抗拒母亲的严苛。

那年夏天，荒川美优子和川岛正雄终于结婚了。没有亲朋好友的祝贺，没有隆重的婚礼与宴会。去登记处登记，去神社祈福，添了些新的家具和电器，在家里吃了顿丰盛的饭菜，就算是大喜了。

美优子为了自己和儿子的幸福，也算是用一辈子来报答她的恩人，她终于顶住压力和川岛结婚了。她对结婚只有一个要求，那就是不改变姓氏：“我不能让孩子忘记自己的姓氏，姓氏是一个人灵魂的根。”

川岛表示同意。川岛对这些事情并不太在意，如何平静安逸地生活才是最重要的，这也是美优子所期望的。

一转眼，贲就到了上小学的年龄。川岛家不能让贲上更好的私立学校，只能就近就读一所小学——保户野小学。这所小学毗邻保户野公立中学，但那所中学的名声很不好。由于周围社会环境复杂，这所中学有很多不良少年，群体斗殴等恶性事件屡见不鲜。这样的风气也影响了保户野小学。但美优子深知现状无法改变，他们家的经济能力别说是支付私立学校高昂的学费了，哪怕是交通费，对他家来说也不是一笔小数目。

“贲，做一个安静听话的乖孩子，不要在学校招惹是非。”美优子不知道一个人与世无争，并不表示他就一定不会受到侵犯，她更不明白左右孩子思想的有许许多多的因素。当他踏出家门的那一刻起，来自母亲的影响便成为几十或几百分之一了。贲将向他心目中那种勇敢的斗士迈进，哪怕他还那么小。

小学二年级的时候，贲所在的班转来了一个瘦瘦小小的男生。据说这个男生是因为太顽皮，在私立小学打伤了家里很有权势的同学，才被勒令转学的。当那个男孩子吸溜着鼻涕，歪歪斜斜背着书包站在班主任身边，被介绍给大家认识时，他那一脸无所谓的表情，给贲留下了深刻的印象。那小男孩叫饭盛丸。

“饭盛同学，你就和荒川同学一起坐吧。荒川同学要多帮助他哟!”

贲在班上的成绩只是中等，性格又沉默内向，所以并没有太要好的同学，刚好他单独一人坐。贲脸上没有多余的表情，也不爱说笑，这也是同学们有些疏远他的缘故。

“我叫饭盛丸，请多指教。”

“你刚才已经介绍过了。”

饭盛的脸上总挂着笑容，是那种坏孩子咧嘴傻笑的可恶表情。但他并不讨厌这个面无表情的同桌，也不像一般同学那样流露出厌恶或躲避的表情。他只是坐在那里，满不在乎。对，饭盛丸是一脸坏笑地满不在乎，他觉得这才是男子汉的气质。饭盛丸这样想着，觉得很开心。

“你叫什么?”

“赍，荒川赍。”

“你真是一个奇怪的人。我喜欢你，赍。我是因为打了有钱有势的孩子才转到这里的。”

“那又怎样?”

“我是说，不能因为我们还小，就让别人欺负我们。我们可是男子汉!”

赍看了一眼身旁这个瘦小的男生。他很欣赏他的话，但并不表示他会和这个小子一起在学校里惹是生非。他在这个学校里从来没有打过架，他是一个普通得不被大家记住的男生。

“荒川君，你叫我大丸就可以了。有什么可以帮忙的，说一声。”饭盛丸学着大人的方式说话，认真模仿大人的腔调，他稚气的脸上现出非常滑稽的表情。

“叫我赍就可以了。”

这两个人很快发现了他们的共同爱好，那就是《圣斗士星矢》。饭盛丸把他珍藏的漫画拿出来和赍一起分享。饭盛丸没有妈妈，他的爸爸在一家炼油厂做运输工作。他家也住在老街，和荒川赍家离得不远。

有一天，赍打扫完卫生回家，在路上看到饭盛丸被两个高年级的学生堵在一条巷子中。

饭盛丸也刚好瞥见了经过的赍，他向赍递了个眼色，示意赍离开。本来赍并不想多管闲事，他答应过妈妈不再惹是生非了。他也知道饭盛丸是个调皮的孩子，也许他应该受点教训。这里可不是私立小学，这里的坏孩子成群结队。

当赍的身影从他的视线中消失时，饭盛丸长出了一口气。他不想连累自己的同学，他要做一个有担当的男子汉。

“小子，每个星期五十块。有意见吗?”

“这是保户野的规矩，这样可免去皮肉之苦。以后报我的名，也没人敢欺负你。”

“去你妈的吧。”饭盛丸啐了一口唾沫。两个流氓学生被激怒了，他们把饭盛丸堵在墙角，拳头伺候了上去。

突然，一块石头扔了过来，打中了一个人的头。

“跑!”

饭盛丸乘着空当，一个箭步冲了出去。贲再将一块石头扔了过去，然后转身就跑。两人一路跑进了闹市区，脚步才慢下来，喘着气在街上逛。

“谢谢你，贲……”

“你没事吧?”

“没事，那些个狗娘养的小流氓。”

“以后还是一起回家吧。”

“啊，嗯。太好了!”

“贲!”

“嗯，怎么了?”

“你要知道，就算为你去死我也不会犹豫的，贲!”这是饭盛丸第一次收起笑容，他瘦小的稚气的脸上显示着他的诚恳和坚定。虽然是孩子气的话，但无论饭盛丸是否能做到像他说的那样，都足以让贲感动，足以让他们建立起友谊，成为互相信赖的好朋友。

“以后我就叫你大丸吧，你就叫我贲。”

从此他们一起上学，一起放学，一起成长，成为形影不离的兄弟。

袭击饭盛丸的那两个小流氓，都是保户野小学四年级的学生，一个叫小野一郎，一个叫东田贵国。那时正是电子游戏机开始兴盛的时候，他们为了有钱打电动，便大胆在低年级学生里收保护费。赉和大丸商量对策商量了很久。告诉老师这一条当然首先被否定了，一是不符合赉的性格，大丸自然是一股江湖事江湖了的气势；二是这种事情老师也是管不了的。结伴回家是必须的，反击报仇也是必须的，但鉴于他们力量太过弱小，还无法燃烧“小宇宙”，所以他们决定修炼一段时间之后，再计划复仇。

“一定要在他们离开这所学校之前，不然就找不到他们了。”大丸很认真地说。

“也不一定，反正以他们那样烂的成绩也只能升入保户野中学，我们是可以找到他们的。总之，提升我们的武力才是最重要的，然后就是要有一个计划！”赉用食指摩擦着下巴，一副认真思考的表情。

“不行。等他们升入保户野中学，他们就会认识更多的不良少年，说不定还有真正的流氓。那样就更难对付了。”

“所以，我们还要在自己提升实力之后，建立起属于我们的战队，和他们一较高下。”

“对，那我们怎么修炼呢？”大丸看着赉。

“那么……就从跑步开始吧。”

他们两人从那时开始坚持跑步及各种基础锻炼。在二年级时两人都被招入了田径部，又在三年级时都加入了空手道部。他们并没有修炼到小宇宙燃烧起来，但他们的身体却很结实。四年级时饭盛丸开始长个儿，比赉高出半个头，远远看去像根竹竿。但他打架厉害是出了名的，何况身边还有个高手——四年级就成为小学空手道部主将的荒川赉。那时他们并没有找升入了保户野中学的小野一郎和东田贵国报仇，哪怕他们两人的名声早已在保户野小学打响。

“嘿，看见前面那个瘦高个儿了吗？知道他是谁吗？他就是饭盛丸，保户野小学最能打的人！”

许多不学好的男生都去巴结饭盛丸，他们称呼他为霸王丸，那也是一部漫画里主角的名号；他们都觉得走在饭盛丸身边很光荣。四年级的饭盛丸不再吸溜鼻涕，长成了棱角分明的小帅哥，加上那邪邪的笑容，竟然有健美操部的漂亮姐姐来认他当弟弟。饭盛丸真是风光无限，与他相比，贲可就低调多了。上课，训练，比赛，哪怕是拿第一，也不引人注目——他是不爱出风头的默默无闻的人。但这些都改变不了两人的友谊，他们照常一起上学放学、跑步锻炼、打球吃冰，几乎天天泡在一起。

“贲，我告诉你一个很好笑的秘密。你要是告诉别人你就不得好死……我每次打架之前都要在心里默念：燃烧吧，小宇宙！”

贲面无表情地看着大丸：“我也是。”

两人相视大笑。

小学毕业那年，他们两人分别出击，将小野一郎和东田贵国打得满地找牙，报仇雪恨了。

大丸是带着一群人去的，但只有他自己出手，他脱掉上衣，像美洲豹一样扑上去，东田贵国跪在地上求饶；贲是一个人堵的小野一郎，问了名字之后二话没说，上去就是劈头盖脸一阵狂打，小野一郎连求饶的余地都没有，就被打倒在地。

“我不会让你被打得不明不白。告诉你，打你是因为四年前，你和东田贵国袭击了一个叫饭盛丸的二年级新生。我叫荒川贲，你记住。”

“那么点屁事，至于吗？”

小野被打得满嘴是血，他感到这个小学生不可理喻。

“一个男人，忘记仇恨是可耻的，忘记敌人是愚蠢的。”

荒川贲和饭盛丸还没有踏入保户野中学的校门，就已经扬名立万。保户野中学注定是他们走向命运的第一站。

五年级那年，七夕灯会上，荒川赍第一次看见了浅井青伊。灯会热闹极了，秀特技杂耍的小丑，卖各种小吃的商贩，漂亮的手工艺品和服装。人群熙熙攘攘，商品琳琅满目，表演异彩纷呈。女孩们穿着各色精致的和服，踩着木屐，拿着小扇走过。那些和服都是精致可爱的夏季和服，是她们的妈妈精心挑选出上好的布料，精心缝制而成的；上面烫金的花纹漂亮极了，真像天使和精灵穿的衣服啊！女孩子们只在最重要的七夕灯会才会穿上这么漂亮的和服，商量吃什么小吃，玩什么游戏，就像回到了幕府时代似的。说不定在钓金鱼或者买小吃的时候，就能遇见年轻英俊的武士呢，也许每个女孩子心里都有这样的期许吧。

这样热闹的时候，赍和大丸怎么能错过呢？更何况有新的店铺会开张，专卖糖果和玩具，这对小孩子来说是最有吸引力的。

“哇，全部是糖果呀！”那是新开的一家西式糖果店，摆放着五颜六色的软糖和棒棒糖。大丸啧啧称赞，眼看口水就要流出来了。

“只有女孩子才喜欢这种外表好看的糖果。”赍看了一眼，虽然自己喜欢，但还是故意装作不感兴趣。他口袋里的钱是买不起那些糖果的。他的母亲美优子在一次疾病后视力急剧下降，几乎看不见东西了，家里只有川岛能够赚钱，生活变得十分拮据。

“说得也是。还是桂花糕比较好吃，棉花糖也好，再加十块钱的话，还可以选一种颜色呢。”

两个人嘴里这样说着，眼睛却移不开。糖果店刚刚开业，店里挤满了人，孩子们趁着节日，开开心心地要求父母为自己购买心仪的糖果。

这时，几个女孩子走了出来。她们都穿着漂亮的小和服，嬉笑着从贲和大丸身边走过。其中一个女孩看了贲一眼，发现贲也正看着她，就在一瞬间，他们发现彼此似乎已相识好久……

女孩穿着粉色的绣着樱花花瓣的和服，带一点酒红色的头发扎成两条辫子，那双明亮的瞳子倒映着五光十色的夜景，长长的睫毛闪动，挺拔小巧的鼻子和薄薄的嘴唇完美搭配。贲从来没有见过这么美丽动人的女生，或者说贲在那之前根本就没注意过女生。他的目光久久地追随着那个女孩，直到那小巧的带着光晕的身影消失在喧闹的人群中。

烟火忽然在天空绽放，一声巨响吓得贲哆嗦了一下。

“你触电了？”大丸迷惑不解地看着贲。

“你看到刚才那个女孩子了吗？看到了吗？”

“刚才走过去一大堆女孩子，你说的哪一个？”

“就是……就是眼睛会说话的那个……”

“眼睛会说话？”

“不是，不是……两条辫子，粉红色的和服，樱花花瓣……”

“哎哟，我知道啦。你说的那个女孩就是我们隔壁班的嘛，我经常看见的！”

“我们隔壁班的？为什么我从来没见过？”

“你什么时候是抬头走路的，你什么时候注意过女孩子嘛？”

“你不是骗我的吧？她叫什么名字？”

“她叫……我怎么知道。你喜欢她？”

“要你管。”

“喂，我可以帮你打听啊，我还可以帮你追哟。你看着办。”

“滚！走啦。”

“那就是不要我问咯？好吧。”

“嘿，还是问一下吧，名字就好。”

“那请我吃鳗鱼串。”

“哦……”贲六神无主，一副痴呆样。

“还有鱼丸。”

“哦……别太过分，你！”

“哈哈……贲也有喜欢的女孩子咯！”

“我不请你吃鱼丸了，你信不信？”

“没关系，还有鳗鱼串。”

“鳗鱼串也没有，烂人。”

“烂人，那你要不要知道她的名字？”

“大丸，你说她干吗不在我们班呢……”

……

两个少年互相搭着肩膀走在挂满星星的夜空下，夏天的风凉爽得让人直想打哈欠。他们的声音越来越小，消失在宁静的夜色中。

“贲，我打听到啦，她叫浅井青伊！”大丸就这样一边奔跑，一边在站满同学的走廊上扯着嗓门高喊贲喜欢的女孩的名字。这样一来，认识贲和认识青伊的同学都听到了。贲羞红了脸，躲进教室里。

“妈的，你就不能走到我面前小声地告诉我吗？”

“啊，是吗？哈哈，总之是帮你打听到了。”

“浅井青伊吗？真是美丽动人的名字。”

“是呀。那午餐加个鱼丸吧。”

“喂，大丸，我真的很搞不懂你啊。你吃得这么多，为什么还瘦得跟竹竿似的？”

“精力好嘛，总之鱼丸是不能少的！”

“烤秋刀鱼要吗？”

“这么慷慨？”

“那帮我想办法认识浅井吧。”

“很为难啊……那今天中午吃鱼头锅好啦!”大丸乘机敲诈。

“能邀请到浅井同学的话，就吃鱼头锅吧!”赍当然比大丸聪明，借机反击。对于一般带便当到学校当午餐或者在校外吃鱼丸摊的小学生来说，能去吃鱼头锅实在算是奢侈了，更何况是家境糟糕的赍呢。

“包在我身上。”大丸得意扬扬地去了。刚才大丸那么大声地喊浅井青伊的名字，大家早就八卦开了。凭借大丸的好人缘，很快找到了浅井的好友，刚好是大丸认识的同学。这样传话就方便多了。看到赍写的字条，浅井青伊的脸羞得通红。

“去吧，反正只是交个朋友，就算合不来，吃顿鱼头锅也不赖呀!”浅井青伊果然是交到损友，为了鱼头锅，极力怂恿她赴约。

“这样好吗?我根本不认识他呀。”

“所以就是去认识呀。饭盛丸在学校可是很出名的。而且荒川赍据说是去年区空手道比赛小学组第一名呢。还是去吧!”

“不会是坏人吧?”浅井还是很犹豫。浅井是个认生的姑娘，跟她熟悉的朋友怎么疯玩都不要紧，可是只要有陌生人在，她就会怯场。

“坏人?你看我像坏人吗?”不知道什么时候，饭盛丸出现在了她们面前，吓了两个女孩一跳。这可不是饭盛的教室，真是无法无天的家伙。

“就算我像坏人，你看赍那小子那么闷，也不是坏人嘛。去吧，哈哈!”为了一顿美餐，大丸真是够厚脸皮的。

“对啊，没有损失的嘛，吃个饭而已。”经不住饭盛丸和好友你一言我一语的轮番怂恿，浅井终于点头答应了。

穿着白色校服、披着长发的浅井青伊出现在贲的面前时，贲几乎呆住了。浅井羞涩地低着头，介绍到名字时，她只是微笑并轻轻点头。贲不由自主地害羞起来，紧张得心怦怦直跳。四个人坐在那里，显得有些拘谨，也不知道该说什么好。毕竟男女生这样一起吃饭对贲和青伊来说还是头一次。

“浅井同学喜欢吃糖果吗?”贲不知道自己为什么会冒出这样一个问题。

“啊，很喜欢。我喜欢颜色鲜艳的糖果。”浅井微笑着，两个酒窝像是绽开在脸庞上的两朵樱花。

“啊，是吗?”

然后就无话可说了，果然是两个很内向的人。

鱼头锅一端上来，大丸就吃开了。他和青伊的好友原子像是在竞赛似的，吃得十分起劲。两个人也开始聊天，聊些关于保户野中学的流氓趣事。真是怪人，嘴里塞满食物还可以说个不停，难道就不怕被噎到吗?再看看他们身边的那两个人，一个只顾低头喝饮料，一个只顾低头傻笑。

这真是一顿奇怪的午餐。

“浅井同学，希望能和你成为朋友。”在各自回教室的时候，贲终于说出了准备已久并不断操练的唯一一句台词。

“我很乐意。”浅井微笑着点点头，然后就进教室了。

这样的一句话，就让贲傻笑了整个下午。

“我说，你和浅井做了朋友我可是第一大功臣。要不放学再请我吃串关东煮吧?”

“大丸，明天的午饭靠你了。”贲拍拍大丸的肩膀。他一个星期的午餐费和零用钱都花在这顿鱼头锅上了。

刚刚下过雨的午后，空气湿润。贲觉得在这样的下午训练特别累。结束空手道部的训练后，贲换好衣服，想起来有功课还留在教室，只好先去拿了功课再回家。路过综合楼时，他被轻柔的旋律所吸引。平时他训练完后都是直接回家，没想到竟然还有人在舞房练舞。看这个时间，应该是芭蕾部吧。贲本来不打算去看，他又不是大丸那种男生。正准备走开时，却听见里面有人在叫一个熟悉的名字。

“浅井该你了哦，再来一次我们就结束！”

“好的，学姐！”

“浅井，浅井！难道是浅井青伊吗?！难道她是芭蕾部的？”

贲在心里惊呼，心脏加速跳动，呼吸也急促了。他不得不、不得不偷窥一下了。他走到门边，透过门缝，看到一个身着白色芭蕾裙的天使正在翩翩起舞，身材颀长而匀称。每一个动作，都显得那么轻盈高雅。贲屏住呼吸，仿佛周遭的一切都黯淡无光了，只有天使舞动的地方清晰可见。每一个起落，每一次伸展，都是那样完美。贲看得几乎忘记了时间，忘记了自己，忘记了呼吸……他完全没有感觉到他的旁边出现了一个硕大的脑袋，脑袋上长着一双色迷迷的眼睛。

“哎哟，是浅井嘛。”

“啊！”

贲被吓了一跳。原来是大丸那小子，他在操场踢球，等训练的贲一起回家。

贲把他拉到一边：“今天无论如何你得帮我。”

“怎么，要我帮你表白呀？没问题，我只要……”没等大丸说完，贲就把手伸进大丸口袋里。

“你干吗？”

“把你身上的钱借给我呀。”

“喂，你要去做坏事吗？”

“你不要想得这么复杂好不好？我只是，我只是……”赍一着急就脸红结巴，不知道该怎么说。

“啊，你果然要做坏事，不然干吗脸红？”

“你以为我是你呀。我只是想……想送她回家而已。一起啦！”

“什么？一起？你有没有这么逊啦，空手道冠军？”

“我不是看你等我半天嘛，同情你。”

“少来，害羞就害羞嘛。钱给你，就这么多，吃个章鱼丸还是够的。我先走了，明天告诉我详细经过。”大丸说完就走了。

“喂，我……”赍脸涨得通红，恨自己不该脑袋发热，冒出送浅井青伊回家的奇怪想法。现在后悔也不是男子汉所为呀，圣斗士就该敢爱敢恨嘛，所以他决定扮偶遇。

“嗨，好巧，浅井同学！”说完赍吐吐舌头，自己都觉得太老土，脸羞得通红。

“你好，荒川同学。”浅井青伊当然没想到这个时候会在校门口碰见赍，还真以为是巧遇呢。

“你回家吗？刚好同路，一起吧。”赍鼓足勇气，像背台词似的说出这几句话，头已经低得只能看见脑瓜顶了。

“你知道我家在哪里吗？”

“啊……”赍果然是笨得可以。

“呵呵，青伊，我还有事情，那我先走了！”和青伊同路的女生道别完就先走了，她可不想当电灯泡。

“那我们也走吧。”青伊很腼腆地笑笑。

沿着公路，还没有建起大楼的工地上长满野草，雨后的蜻蜓在空中飞来舞去。两人一路都没说话，只是并排走着。赍一个劲儿地偷瞄青伊。微风扬起她的发丝，一直带着浅浅微笑的她，专注地盯着脚下的道路。

“你的芭蕾舞跳得真好。”赍终于开口了，再不说话就要到浅井家了。

“啊，你知道我跳芭蕾啊？马马虎虎了。”青伊吐吐舌头，现出可爱的酒窝。

“听说荒川君是空手道部的主将呀，跟这么厉害的人一起回家，还真有安全感！”

“过奖了，嘿嘿。”

“荒川君一定会拿到县大赛空手道冠军的！”

“啊，嗯！”

两个人又语塞，只是沉默着继续往前走。这样的感觉也很好，不说话反而造成了一种默契。发现对方在偷瞄自己，偶尔相视一笑，就是最好的沟通，两人都很享受这份沉静。赍想，要是能一直这样走下去该多好。

终于到了浅井家，天也快黑了。

“谢谢你送我回家。”青伊向赍鞠躬，这让赍觉得很不好意思。明明是自己想的。

“不用，只是……”

“只是什么？”

“啊，这边怎么回老街呀？”还说跟青伊同路，结果走到迷路。赍真是太憨了，他这样问，逗得青伊捂着嘴笑起来。

“从这边过去三个街口就是啦，大概要走二十分钟吧。”

“哦，哦，谢谢。”赍简直无地自容。

“荒川君，不要又迷路啊。晚安！”青伊微笑说完，然后转身进了家门。

赍站在那里红着脸傻笑，心跳还是那么快，不知道这样久了会不会死掉。

“啊，这是小宇宙在燃烧吧。”赍傻傻地想，还有些得意。

青伊就这样出现在赍的生命里，霸道地占据了他的心灵，并让他的小宇宙燃烧起来。当后来赍把心里的想法告诉青伊时，青伊用她那标准的淑女姿势捂着嘴偷笑了好久。而后来当大丸知道这件事后，他狂笑了半天。

赍、大丸和青伊成了特别要好的朋友，一起度过了童年最后的美好时光。

赍也真的在毕业那年拿到了县空手道大赛的小学组冠军。

毕业的时候，赍、大丸和青伊他们一起去了海边小木屋，当做毕业旅行。享受着清凉的海风、蔚蓝的天空和大海、美味的海鲜烧烤和果汁，还有棕榈树下的沙滩椅，他们不知疲倦地一个劲儿打闹和欢笑，那是赍记忆中最美好的出游。秋田离南鹿并不远，可不知道为什么，在赍的记忆里南鹿的天空总是灰色的，鼻子里总是充满发酸的苦涩的鱼腥味；而在秋田的海边，和大丸还有美丽的青伊在一起，一切却是那么美好和幸福。

夕阳下，他们歪歪斜斜地站在沙滩上，身后是划过天际的海鸥。在镜头定格的刹那，绽放着童年最最灿烂的笑容。毕业照上纯白的校服和青涩的表情，海边小木屋之旅中的开怀大笑。童年最美的盛夏就永远被记录在了那些照片里。

大雨前的闷热和可恶的蚊子，喜欢而不能买的玩具和吃不起的食物，越来越少的零花钱和母亲的唠叨，这些都变得能够忍耐了，都无法影响赍的好心情。因为他的心里装着美丽的青伊，对未来充满期许。说不定青伊不会去念私立中学或者女中，说不定青伊也会升入保户野中学，说不定他会和青伊还有大丸在一个班，说不定在什么时候他就可以跟青伊表白，说不定他可以跟青伊正式交往……

盛夏的每个夜晚，贲都会设想着即将展开的未来，总是要想到一个好的结果，才心满意足地入睡。

贲和大丸已经铁定升入保户野中学了，但是却一直没有青伊究竟要到哪里上中学的消息。如果和他们同上一所学校的话，青伊一定会开心地跑来告诉他们的。可是暑假就要结束了，青伊也快两个星期没和他们联系了。

一天清晨，美优子叫醒了还在熟睡的贲："贲，有同学来找你。快起来！"

"啊，是大丸吗？"

"不，不是饭盛，是一个女孩子。她说她叫浅井。"

美优子并不认识浅井青伊，而且有女孩子来登门拜访，她也大感稀奇。因为她知道贲是个不善结交的孩子，家里除了大丸来过，没有其他同学拜访。

贲一个激灵，翻身起床跑下楼去。浅井青伊并没有进客厅，而是在玄关等候。

贲看到青伊时，脸一下子红了。他的心里说不出的高兴，几天来的阴霾一扫而光。可是他并没有发现青伊神情落寞。

"早安，青伊。快进来吧。"

"不了……我，我是特地来向荒川君道别的。"青伊低着头，她用了尊称。这个时候她的心情是难过的。分别总是让人不由得郑重起来，这本来就是不情愿的事情。这句话犹如晴天霹雳，贲简直不敢相信自己的耳朵。

"你是说道别？"

"是的，荒川君。我要随我的父母去东京了。明天就要离开了，我……”

“是吗?”

“我觉得很遗憾。无法和荒川君，还有饭盛君一起在一个地方读书……”

赍陷入乱糟糟的悲哀心绪中，好一会儿不知所措。

“啊，对了。对不起，请等我一下!”

赍飞快地跑回楼上。在转身的刹那，眼泪在眼眶里聚积着，随时都会决堤，他几乎忍不住泪水；视线也跟着模糊起来，上楼梯跌跌撞撞的。他从抽屉里取出一个精美的锦盒，上面系着粉色的丝带。他看了一眼，一滴眼泪落在了盒子上。他慌忙擦掉，把眼泪一抹，深呼吸了一次，赶忙跑下楼去。

“青伊，这本来是想在你生日的时候送你的礼物。我早就准备好了，却等不到和你共度生日的那天了。”

“谢谢你……”青伊低着头，她的脸颊红红的，眉头微蹙。水灵的眼睛里泪花闪烁，长长的睫毛低垂着，似乎在替她掩饰悲伤。

“荒川君是否还记得我们第一次见面时你问我的话?”

“记得……实在是可笑的问题。”

赍勉强露出一个笑容，却比哭还苦涩。青伊从身后拿出一罐包装精美的糖果，一看便知道是在那家西式糖果店买的。

“我很喜欢糖果，每个孩子都喜欢糖果。而荒川君所带给我的回忆，就像所有的人对糖果的回忆一样，充满着甜蜜。认识荒川君和饭盛君之后的日子，是我最开心的日子。可是我不知道什么时候才能再回秋田了，希望我们都不要忘记这段快乐的时光……父亲还在街口等我，我必须走了。珍重，荒川君。”说完，青伊向赍鞠了一躬，便转身离开。

赍呆立了几秒，忽然拿着糖果冲向厨房。案板上摆放着一些空的玻璃瓶，那是母亲用过药后没有扔的瓶子。他将几颗糖果分别放在两个同样大小的玻璃瓶里面，封好盖子，然后转身冲出门去。

“青伊！”赍叫住了走到街口的青伊。

“拿着，这是我们的信物。无论是你回到秋田还是我去东京，我都会找到你。也许两年、三年，甚至五年、十年，都不要紧。只要我们都还记得糖果，还记得我们共同拥有的跟糖果一样甜美的回忆，我就一定能找到你！”

“赍……”青伊接过玻璃瓶，她再也无法控制自己的情绪，捂着嘴哭泣着，使劲地点着头。

赍也不知道哪来的勇气，上前抱住了青伊。只是几秒钟，或者更短。但所有有关青伊的记忆都烙在了赍的脑海里，流动在他的血液里。青伊柔软的发丝，身上散发出的清新香味，樱花般红润的面颊，他再也忘不了了。

青伊离开了，和赍日夜设想的未来大相径庭。她只留下了一罐糖果和一段回忆。

那天晚上，赍抱着那罐糖果发呆。里面是软糖，红豆型的，不知道是什么味道。他取出一颗，扔进嘴里咀嚼，甜得流下了眼泪。

值得欣慰的是赍和大丸升入保户野中学之后，又同在一班。他们两人的厉害早在保户野中盛传。一个打架王和一个县大赛的空手道第一名，再加上袭击小野一郎和东田贵国的事件，保户野中的流氓几乎无人不知道他们二人。新学期时，几个流氓头头还专门去拉拢他们。

“对那种幼稚可笑的事情，我不感兴趣。”没有了浅井青伊的中学生活，在赍的眼里变得索然无味。每天按部就班地生活，去空手道部报到训练，偶尔和大丸打打球或者骑车兜兜风。他迷上了看历史小说，眼睛有些轻微的散光，所以配了副黑框眼镜；头发也留长了，看起来很斯文，像个好好学习的乖学生。

大丸就不像赍这样安分了。他留着夸张的发型，头发染成灰白色，戴着骷髅头耳钉，穿着背心和破牛仔裤，和学校的流氓打成一片。抽烟喝酒、打架滋事对大丸来说是家常便饭。大丸不但具有很强的抗击打能力，更从赍那里学到一些空手道技巧，再加上出招迅猛，在保户野所向无敌。

只有赍偶尔会教训大丸一下，免得那小子得意忘形。他们两人的友谊很深厚。大丸和流氓们再怎么称兄道弟，都不可能超越一起长大的真正的好兄弟。

到高中时期，饭盛丸已经是秋田赫赫有名的学生王了。在各个学校，许多学生之间的纠纷，无论大事小事，只要双方无法解决，都会请大丸出面协调。这样的学生王就类似于不良学生中的盟主，大家称其为“主席”。在秋田已经建立起名为“学生社团”的联合团体，都是由不良生构成的。为的是方便协调各校与各区域之间出现的纠纷，使大家和平相处。

实际上大丸这小子武力确实不俗，但解决纠纷这种事情可不是光靠武力的，得动脑筋。无论大大小小的事情大丸都会与赍商量。大家都知道，一个个主意和决定，几乎都出自荒川赍。所以虽说大家都认饭盛丸为霸主，但对荒川赍也十分推崇。哪怕赍从不参与那些无聊的打斗，或实际介入流氓事件，大家还是称荒川赍和饭盛丸为“秋田双雄”。

而在秋田北面的能代高中也出现了这样一个类似学生王的人物，名叫毛利苍之介。这个高中生在能代已经成长为一个呼风唤雨的人物。大家盛传他和东京的黑帮家族有关系，所以他不仅在不良生中吃得开，在当地黑社会中也是有影响的少年。

近来毛利苍之介的人常常到秋田来玩，在一些娱乐场所和大丸的人发生了几次冲突。这当然让大丸大为光火。

“妈的，能代的乡巴佬居然敢跑到秋田来欺负我的人。就这么不把我们放在眼里吗?”大丸气得直拍桌子。

“主席，不是的。据说毛利那小子是从东京过来的，是极厉害的人物。”

“那又怎么样？我要以牙还牙!”

“大丸，你来。”在秋田的“学生社团”聚会上，贲一直一言不发，他是陪大丸来的。大丸告诉贲事态严重，叫他无论如何要帮他这一次，维护秋田“学生社团”的颜面。

贲把大丸叫到一边：“大丸，我想问你，你是想当小流氓玩玩呢，还是想做出名堂，出人头地?”

“废话，当然是出人头地了。贲，问这个干吗?”

“那就行了。毛利是从东京来的，你想以后在东京干一番事业吗？谁是乡巴佬？我们才是。一个有脑子的人，不会和跟东京黑帮有瓜葛的人做对。更何况你有志在此!”

“嗯，你说得没错。”

“但这并不表示我们要一味退让，我们要做出强有力的交涉，我们要跟毛利谈判。我们要了解他的实力、他的想法，他到底可以成为我们的朋友还是敌人。我不想让你去进行无谓的战斗，不是说我惧怕什么，而是在不知道敌人实力的情况下，一次战斗就是一次危险。”

“贲，你实在是够厉害。就按你的意思，我们设法和他谈谈。谈不好再开战。”

“嗯，那我们回家吧。”

“贲!”

“嗯?”

“我……不止是我，大家都觉得你更适合做主席。我愿意追随你，一辈子!”大丸很认真地看着贲。他是表里如一的男子汉，他是可以把心掏出来给别人看的那种人。

贲却笑而不答，只是拍拍大丸的肩膀，两人一起回家。

毛利答应谈判解决，但地点定在能代。

“真是混账，他们必须报销车票!”大家被大丸弄得哭笑不得，他一点儿不担心被偷袭，反而只担心口袋里的钱。

也不知道是没谈判经验，还是初生牛犊不怕虎，贲和大丸两个人买了车票就上路了。毛利看见只有他们两人时也是大吃一惊。大家毕竟太年轻，都觉得谈判有些好笑，顺利的话就跟旅行差不多吧。

毛利苍之介是个帅气时髦的少年，比贲看起来更加斯文秀气，说话也是低声细语，十分礼貌。

“在下毛利苍之介，两位请多指教。”

在一家不错的酒店，贲和大丸受到热情的款待。

“我是秋田的饭盛丸。”

“在下秋田荒川贲，请多指教。”

果然是东京来的黑帮公子嘛，真是有派头。这让贲和大丸都有些意外，三人只是很随意地吃了些东西，闲聊些秋田县的趣事。

“秋田是很好的地方，我的朋友如果对你们有所打搅和骚扰，我在这里代他们道歉好了。”

“真没想到毛利君是这么客气的人，搞得我都不好意思啦。我们只希望大家以后能和平相处。”大丸哈哈笑着，心情也放松下来。大家毕竟是孩子，没有利益的冲突，稍微熟悉，便像朋友一样交谈起来。

“毛利君家里是秋田县人吗?”

“啊，是，我正是秋田县能代人，毕业后会回东京去。我叔叔一家为东京上杉家族做事，是隶属于直江家的部下。我本来一直跟着他们生活的。”

孩子毕竟是孩子，上杉家族是相当有影响力的家族，毛利说到自己的背景时十分得意，也觉得来到这么个偏僻的地方很窝火。可贲和大丸根本就不知道什么上杉家族，更不知道直江家，只认为在东京做事一定很了不起。

“那请问，你是想在秋田建立势力吗?”贲突然问，这让毛利苍之介和大丸都很吃惊。

“哈哈，不知道，没有这样的打算。秋田离东京也太远了些。”毛利只好搪塞过去。

“毛利君，那希望以前的几件事情就算了。秋田是很欢迎你来玩的。”

“嗯，没问题，十分感谢。”

三人又喝了些清酒。毛利又提议去泡汤，但贲执意要赶回秋田去。那时候他的妈妈美优子已经失明，如果他不回家，家中根本无人照顾她。他的家里已经发生了巨大的变故，早已不再如往昔般和睦温暖了。

“今日承蒙毛利君款待，实在尽兴。希望能与你交个朋友。”

“当然，你们这两个朋友，我交定了。”

当晚贲和大丸便坐夜车返回了秋田。当大丸在车上呼呼大睡时，贲却忧虑着家里的事情。他疲惫地看着窗外，心中总有一种奇怪的不祥预感。他归心似箭，似乎晚一步，就会有不可挽回的局面。

母亲美优子在荒川贲高二那年失明了。川岛正雄虽然老实，却是个没有能耐的男人，家用入不敷出。在那样艰难的时候，川岛正雄却迷上了赌博。他觉得那是来钱最快的方法，不料很快就把存款全部赔了进去。郁闷的他又开始酗酒，一喝醉便以打骂美优子出气。美优子念及川岛的恩德，同时她也根本没有反抗的能力，只好忍气吞声。贲常常不在家，无法保护母亲。这样一来，家庭关系迅速恶化。川岛完全变成了另一个人，整日酗酒赌博。被公司开除后，他花光了积蓄，还欠下巨额高利贷，惹上了黑帮的人。

就在贲和大丸去能代的那个下午，一群讨债的流氓闯进了川岛家，搬走了所有值钱的东西，还兽性大发，轮奸了美优子。可恶的是川岛那家伙竟然只是跪在那里求饶，眼泪鼻涕流了一脸，却没有上前阻拦。一个悲惨的结局就在那个下午铸成。

"川岛，这就是欠债的下场。如果你再不还清，我就要你的命。"

"川岛，不是看在你老婆的分上，我早就把你的舌头割下来了。哈哈……"

"对，你真是个没用的废物。"

那群禽兽得意地离开了，川岛在他们走后发狂地叫喊着冲出了家门。

美优子在人生最痛苦的时刻选择了解脱。她想到了她的孩子，贲就快成年了，他会成为一个独当一面的男子汉，而她却等不到那天了。她这样想着，心里无限悲凉。她又想，她也不再欠川岛正雄什么了，她以名誉和生命的代价做了偿还。她支起身子，到厨房拿了菜刀，然后关上洗手间的房门，在里面割腕自杀了。在看不到任何光明的时刻，她只能用死亡来结束命运对她的嘲弄，以死来维护作为一个女人的尊严。

死的那一刻，她嘴角浮现出笑容。因为她的心中想着：至少我留下了贲，这就够了。

那天深夜，大雨滂沱。回到家倒头便睡的大丸被一阵急促的敲门声震醒了。他爸是监车的头儿，当晚出车不在家。

“谁啊?”

没有人回答，他谨慎地透过门上的猫眼往外瞄了瞄。贲正站在门前，全身都湿透了，双眼死死地盯着前方，头发散乱。这着实让大丸吓了一跳。

他打开门，贲还是站在那里一动不动。

“贲，你怎么了?”

大丸惊慌失措，他从没有看到贲这个样子过。他把贲拉了进来，并给他拿来干毛巾。而贲还是站在那里，一动不动。

“到底怎么回事?”

“他们害死了我妈妈，我妈妈……死了。”贲的眼睛红得像要流出血来，但却没有一滴泪水——仇恨压过了悲伤。大丸睁大眼睛，什么也说不出来，他一把抱住贲，抱得死死的。

“他妈的，你倒是哭啊!”

贲没有哭，没有流一滴泪。他不需要眼泪，他要让疯狂的仇恨和疼痛流遍他的血液，传遍他的神经。他要把仇恨埋到心里，而脑袋空出来装两个字——复仇。

川岛正雄疯了。秋田的高利贷公司在得到其妻川岛美优子自杀身亡的消息后，立即花钱打点各方，并在秋田布下天罗地网寻找荒川贲。川岛家，保户野中学，甚至客运车站都有带刀的流氓终日晃来晃去。

贲本来是想先报仇再远走他乡的。他和大丸两人用力吸着大丸他爸的香烟，商量着对策。一大早，大丸的小弟慌慌张张地跑到了大丸家，报告了高利贷集团封锁秋田、搜索荒川贲的消息。

秋田高利贷集团的老大名叫大野米雄，是个心狠手辣的人物。他没想到会在川岛正雄这个懦夫身上捅出那么大的娄子。不出几天，这件事情就会闹得满城风雨，他不得不花大价钱打点警务司和媒体。而斩草除根更是当务之急，要是死去的美优子的儿子乱来，那就麻烦了。所以即使在这风口浪尖之上，他也要除掉贲，以绝后患。

“妈的，怎么办？你必须得离开秋田。”大丸急得像热锅上的蚂蚁，贲却阴沉着脸一言不发，还在狠命地吸烟，整个房间烟雾弥漫。

“得想个办法……”贲站起来，盯着大丸。

“大丸，你能毕业吗？”

“生死关头啦，你还问这个！”

“我是说你高中毕业，能考上大学吗？”

“你觉得我能吗？显然不行。”

“我们一起去东京，怎么样？”贲坚定地看着他。大丸眼睛里也放出光来——去东京闯荡一直是他的梦想。

“好啊。反正你现在是无牵无挂。我爸也常对我说，好男儿志在四方，靠他养活我也是不可能的。可是我们怎么去？怎么避开他们出秋田？”

“这好办。你爸爸是跑长途货车的，他可以把我们带出秋田。”

“对了，毛利苍之介那小子在东京不是有靠山吗？我们可以找他帮忙。”

“不能找他。毛利和他背后的势力似乎是想插足秋田的生意。万一在这个节骨眼上他把我们给卖了，我们就完了。”

“也是。才见一面的人，以后再说吧。”

他们两人收拾了些衣物，翻箱倒柜地找了点零钱。最后就剩下说服大丸的老爸了。

饭盛师傅是在中午回来的，一进门就看到赍和大丸跪在地上，吓了他一大跳。

“今日荒川赍能否活下来，就全看饭盛伯伯的了。”赍简要讲了发生的事情，表达了一定要去东京闯荡的决心，希望饭盛师傅能够成全。

“老爸，也是该让我去闯荡的时候了。”饭盛跪在地上，口气坚定。

饭盛师傅看着赍和大丸，久久不语。

“好吧，好男儿志在四方。赍，既然大丸愿与你生死与共，我也没什么好说的。你更冷静，希望你能照顾好他……”

饭盛师傅拿出纸笔，写了一个名字和地址：“这个叫岛津的，是我以前跑水产时认识的一个在东京筑地做水产生意的伙计，我跟他有些交情。你们找到他，看他能不能想办法帮你们找个住的地方，然后慢慢再找工作。”

卡车车队伴着日落驶出了秋田城区。到达昭和时，赍和大丸跳下了车厢。

“儿子，就在这里坐车去东京吧。我还得去送货，不能送你们更远了。接下来就靠你们自己了，万事小心啊。”

大丸不知道该说什么，他尝到了一种从未经历过的分别的滋味。他冲上去紧紧和老爸拥抱在一起。那一瞬间，铁打的汉子鼻子也会发酸，眼眶也会湿润。

“这三十万日元带在身上，节约点儿用，在东京不比在秋田。赍，你是个好小子，你和大丸一定要患难与共，知道吗？”

“伯伯，您放心吧。您多珍重！”

“老爸，走啦。少喝点儿酒，等我荣归故里！”

看着两个年轻人在夜幕下渐渐远去，看着自己的儿子就要远走他乡，饭盛师傅心绪难平，没有人注意到，他两行热泪夺眶而出。饭盛师傅抹掉眼泪，启动了卡车。

“这是我爸给我的三十万，放你那里吧。”

“这是你爸给你的，还是放你那里吧。”

“是我爸给我们的，放你那里吧。你又不是不知道我缺心眼，丢了怎么办？我们喝西北风啊？”

激情在大丸的心中荡漾，终于要踏上征途了。大丸做着出人头地、过上等人生活的美梦入睡了。贲不得不羡慕大丸在哪里都睡得香的本事。他掏出存放着糖果的小玻璃瓶，他在想在东京是否有机会遇见他心中的天使。他闭上眼，眼前浮现出的是青伊美丽的笑容，还有母亲的笑容。可是母亲的笑容却被鲜血模糊，接踵而至的是一个个交织在一起的噩梦般的片段。仇恨在他的脑海里挥之不去。他这次离开是为了再回来，一定会回来的。

【第二卷】

“这就是东京了。”

走下列车的荒川赉和饭盛丸，第一次呼吸到了东京的空气。熙熙攘攘的人流将他们带出了车站。人们都在匆忙地走着，步伐迅速，似乎都在赶着去忙什么事似的。

“先去筑地找这个叫岛津的吧。”

背井离乡来到这里，赉和大丸都被陌生感和新鲜感包裹着。但在他们看着密密麻麻写着小字的东京地铁路线图时，茫然的情绪便产生了。

“真是大城市啊。”大丸已经完全晕头转向了。他只能一边感叹着，一边将希望的目光投向赉了。

赉找了很久，才在密密麻麻的地名中找到了筑地市场站：“大丸，你来看是这里吗？筑地市场。”

“对，就是这里，这个地方是东京的水产聚集地。我老爸以前运货到过这里，跟我说这里有几家超级好吃的食堂呢！”

大丸一说到吃就来了劲儿，他的肚子已经咕噜咕噜叫起来。

“我们该节约才是。到了那里，随便吃碗拉面或者牛□就好吧。”

“哎哟，今天第一顿啦，吃好一点儿也没关系啊。听说那里的鲑鱼握寿司真的很好吃！”

听到新鲜的握寿司赉也觉得肚子很饿了，这个年龄本来正是最能吃的时候。

“好吧，那出发吧。”

筑地市场号称“东京厨房”，是世界上最大的食物批发中心之一。其中的场内、外市场更是传统日本料理的天堂。赍和大丸当然不知道这些，只是听说这里有最新鲜的水产可以吃而已。赍真的无法理解大丸那么瘦，为何有那么大的一个胃，从“寿司大”的鲭鱼握寿司吃到“米花”的串烧鸡肉丼，后来又去“富士见屋”吃了一碗关东风味浓厚的鸭肉拌面才知足。

“我说大丸，照你这样的吃法，我们一个星期就没钱了。”

大丸吃得面色红润，十分满足。看到赍只吃了一碗最便宜的拉面和一支握寿司，又很不好意思。

“哎，赍，今天是在东京的第一顿嘛。刚才听旁边那个大伯介绍说场外还有一家叫‘狸屋’的，卤牛小肠盖饭超级好吃呢！”

“行了。有点节制好不好？”

“好吧，以后再说吧。那现在我们该打听打听岛津这人了吧。这个地方写的是什么场外……”大丸将父亲留的纸条拿出来，和赍商量起来。

“听二位的口音，是外乡人吧？找岛津吗？”

正说着，坐在旁边的大叔凑了过来。那个大叔满脸胡楂，乱蓬蓬的头发像一顶锅盖似的扣在圆溜溜的头上，看起来脏兮兮的。他身上穿的旧西服的纽扣脱了线，耷拉着挂在衣服上。

“怎么了？不关你的事。”大丸这样天不怕地不怕的人，却对大叔的邋遢样子犯起怵来，而且这人身上的鱼腥气让人很难受。

“现在的年轻人真是谨慎得可爱呀。不过东京毕竟还是好心人多嘛，我就是在这边做水产生意的……听你们在说想找那个岛津，他是我的老朋友。前些年他还算是管片儿的小老板，不过因为得罪了更大的老板，早就被赶出筑地了。”

大叔说完，将自己碗里的汤一饮而尽，喝得咕噜作响，看来也不是什么正儿八经的东京人。

“妈的，我们是来投奔他的。”

“投奔他？哈哈，真是笑话。年轻人，算了吧。如果你们需要住的地方，我可以在老街帮你们找个零屋，那是我表哥的房子。我们不欺负外乡人，租金便宜，生活也方便，信的话我就带你们去看看。”

赍和大丸当然不信。赍将地址递给店员：“麻烦问一下，知道这个地址吗？”

“这个地方嘛，去年已经拆迁了。岛津这个人，没听说过。得问在水产市场的工人，他们可能会知道吧。”

看来那个大叔没有胡扯，赍和大丸不由得失望起来。

“赍，我们这样不好找工作，要不就在这边先住下来。大叔那个房子，要不我们去看看，不满意再自己找好了。”

大丸动了心思，也想在这边先住下。

“大叔，你真的认识岛津吗？他真的不在这边了吗？”赍认真地问。

“信不信由你。我也只是出于好心给你介绍处房子而已，看不看是你们自己的事情。”

赍和大丸跟着大叔来到老街，这里和想象中繁华炫目的东京大相径庭：狭窄的街道污水横流，垃圾遍地；天空被纵横交错的雨棚和电线遮蔽得透不进整片的阳光，甚至连乌鸦都不愿在这里落脚；只有房檐上还偶尔卧着一只冷眼旁观的老猫。

“本来楼下这间带独立卫生间，但已经被几个漂亮的风尘女子租下了。”

走过楼道的时候，那间屋子还开着门，一个浓妆艳抹的女人穿着条丁字内裤坐在沙发上涂脚趾甲油。三人走过去时，她面无表情地向外面瞄了一眼，跟那老猫的眼神一模一样。

大叔领他们去看的那间房，里面摆着两张床和一个小柜子；一扇油腻的小窗户正对着另一栋楼房的墙壁，一丝阳光也照不进来；屋顶上挂着一盏日光灯，还贴着几张AV女优的海报。

“怎么样，还不错吧？”大叔点燃烟，用衣袖擦了擦柜子上的灰尘。

“这样的房子，叫还不错？”大丸撇撇嘴。

“当然，一个月一万块这么便宜的房子，你们到哪里去找？还家具齐全。”

“一万块？”

“不租就算了。过两天这里说不定就会有别的工人来租，到时候可别后悔。”

“少点儿吧，八千怎样？我们没带什么钱，而且这间屋子连厕所都没有。”

“厕所就在楼下，澡堂也是。下面还有食堂、便利店和理发店，连小姐都可以直接叫上楼。住这里的小姐可是直接八五折优惠呢，哈哈。”

“大丸，走吧。”贲没搭理大叔，叫上大丸准备往外走。

“好吧好吧，厉害的年轻人。八千就八千吧，但是必须租到半年以上。这个月的付一万吧，至少给我两千的回扣吧。”

“成交吧。”

大叔从柜子里翻出一份合同书，吹去上面的灰尘，在上面签了字：“我叫深井，有什么需要就打这个号码吧。”

“对了，深井大叔，我们想找份工作，你有办法吗？”

“这边有早上进货的公司，每天早上都会招搬运工。但要成为固定员工需要缴纳管理费。”

“哦，这样吗？那我改日来找你吧。”

“搬运很辛苦的，很早就得起来。但是固定员工的话除了工资还可以分红，还能拿新鲜的水产回家。”

“这样啊，那这个事情得拜托你了。”

“好说，我深井在筑地可是非常有名的。我可是乐于助人的东京人!”

赍觉得好笑，乐于助人还吃回扣，真是的。

“对了，楼下的妞不错，真的。报我深井的名号，七折她们都会同意的。”深井调侃了几句就拿着钱离开了。

“妈的，是个皮条客吧?”大丸掏出烟来点上。

“总之是个唯利是图的人。”

夜深人静。在东京的第一晚，赍是在大丸如雷的鼾声中度过的。舟车劳顿，大丸实在是很累了；而赍却无法入眠，拿出糖果玻璃瓶端详。当周遭都安静下来，他才能去感觉，感觉青伊的气息。再一次和浅井青伊身处一地，在同一个城市里，呼吸同样的空气，他的思念也更实在了。他觉得他和青伊的距离更近了些，说不定青伊也能感受到自己的思念，他为这样的想法而自顾自笑了出来。但时间过去这么久了，说不定青伊早已经有了男朋友，在东京有了全新的生活；说不定她已经忘记了自己。这样一想，难过的情绪又蔓延开来。

赍在这两种情绪之中挣扎徘徊，不知什么时候才迷迷糊糊地睡着了。

赍醒来的时候都快上午十一点了，大丸还在四仰八叉地睡着。

赍穿上牛仔裤，套上外套，跑到楼下的便利店去打电话：“喂，深井先生？你好，我是你的房客荒川。”

“哦，你好。有什么事吗？”

“就是工作的事情。”

“哈哈，都到午餐时间了你才想起工作的事情。这边的搬运可是五点就得开始呢，睡懒觉的话可是赚不到钱的。”

“我知道。我是说那个固定员工的事情，那个是合同制吗？”

“是啊，当然是签合同，固定员工嘛。不过那可是要人介绍才行的，虽说是固定员工，但合同有效期也只有半年。”

“当然，这样是最好的。”

“是吗？那得交一笔保证金呢。”

“多少？”

“一个人十万吧。知道吗？你们还没到工作年龄，招你们这样的小青年，公司是会担风险的。”

“好吧。我回去和我的同伴商量一下。”

“好，抓紧答复吧，要不就没空缺了。”

贲买了便当和啤酒回到屋里，夹出一块鸡腿放在大丸脸上。大丸一激灵就翻身起来了。

“贲真是好人啊，知道我肚子饿了。哈哈！”

两人边吃便当边商量工作的事情。

“就这样吧，先做着这个临时工。有工资拿，还可以把分到的鲜货卖给远一点儿的餐馆。”

大丸想了想，现在也没有别的更好的办法了。

“你起得来吗？很早就得起床。”

“没什么大不了的，行尸走肉般赶完工，再回来睡觉就好了。”

他们这样决定下来后，第二天找到深井去公司交了保证金，签下合同，算是有份工作了。辛苦的生活从此开始。每天四点半他们就得起床，赶到市场去装卸那些刚刚运到的新鲜水产，弄得一身上下鱼腥气；然后在破晓之后回到出租屋睡觉，偶尔会在楼道口碰到宿醉归来的“风尘女子”。

一个月下来，贲和大丸的生活也有了固定的模式。他们一般凌晨四点起来赶工，然后上午在出租屋睡觉，下午在东京闲逛。逛的地方主要是各个高等学府，因为贲希望能遇到浅井青伊。在大丸眼里，那真是浪漫又可笑的想法：茫茫人海哪里能说遇到就遇到，那些只是电视剧里的无聊剧情罢了。但他还是毫无怨言地跟着贲乱转，毕竟他对这花花世界充满了好奇。晚上他们就去出租屋附近的小酒吧喝酒，那些“风尘女子”也在那边揽活儿。一回生二回熟，后来他们也和“风尘女子”混熟了。当“风尘女子”们生意冷清的时候，他们便回到出租屋一起喝酒、抽烟、打牌。

大丸和“风尘女子”中的花子发生关系是在他们到筑地两个月后的事情。大丸的第一次获得了免费的待遇，而不是深井所说的七折。

两个月后的一天早晨，贲和大丸去公司签到上工，却发现公司不见了，还有几个愁眉苦脸的工友蹲在那里商量对策。

“怎么了?”贲上前询问道。

“还用问?被骗了。你们交了多少保证金?”

“我们一人十万。”

“还好，我只交了五万。”一个工友庆幸地走开了。

“他妈的，那些狗娘养的混蛋一夜之间就消失了。我们的钱啊!”大丸火冒三丈，在空地上乱踢纸箱。

“骂也没用，去给深井打电话。”贲拉着大丸回出租屋。

一通电话过去，深井的号码已经是空号了。

“妈的，深井那家伙!”贲恨得牙痒痒。转念一想不对：房租只交了两个月的，公司卷款走人肯定没提前和他讲，但不管怎么说他得给我们一个交代；反正这屋子我们还住着，不信他不回来。

“大丸，现在我们没剩几个钱了，我们得去找别的工作。我们俩的工作时间得岔开，留一个人守着屋子，免得那混蛋回来换锁。”

“好吧。”

两人买了招工的报纸，回到出租屋喝起了闷酒。

“不行，我得去问问花子深井那混蛋的下落。”大丸说完就下楼了。一问就一夜不归，回来之后就一个劲儿地傻笑。

“别看我，没花钱。”大丸避开贲异样的眼神，倒头睡了。

接下来的日子，两人又做了冷冻食品搬运工，饮料搬运工，传单分发员，清洁工……

现实与梦想中的生活相差太远。两个人吃了不少苦头，但身体更加强健，心智也更加成熟了。他们俩像那些老工人一样一大早守候在招工处，然后赶工；在下班后去酒吧喝一杯廉价的烈性酒，走过泥泞肮脏、堆满垃圾的后街，一脚踢飞面前的老鼠；穿过层层叠叠的晾衣竿和楼道，挤进狭窄的玄关，分别倒在潮湿地板上两床脏兮兮的卧具上；累得连刷牙洗脸的力气都没了，直接就睡了过去。

而一直幻想着偶遇浅井的贲一有空闲便上街闲逛，这也成了他们两个人最愉快的事情。

“我们不能再做这样的工作了。”大丸终于忍不住抱怨起来。哪怕他并不反感身边那几个浓妆艳抹的姑娘，尤其是花子，但他对这样的生活实在忍无可忍。

“可惜我们没有文凭，又是外乡人，做不了更好的事了。”

“我一年没跟我爸联系了。我过的这叫什么日子？这叫闯荡江湖吗？狗屁！”大丸使劲抽着烟，他的烟瘾越来越大了。

“我看了昨天的招工报纸，有招酒吧保安的。做吗？”赍一边收拾着桌上的垃圾，一边将招工的报纸扔给大丸。

“什么酒吧？楼下的那种破酒吧？我可不想和那些瘾君子和醉汉对打。”

“不，是刚开的一家豪华俱乐部。月薪五万日元，干得好有提成。在涩谷，去试试吗？”

“去吧，为什么不去？”

“那得去买件像样的衣服。”

涩谷那边他们并不常去，那边可是最有人气的年轻人商圈。赍决定坚决贯彻自己的“偶遇”原则，花了整个上午在涩谷闲逛，直到下午才去那家酒吧应聘。

果然是家气派的酒吧。外部装修很奢华，大块的荧光幕下矗立着五尊金色鹰头人；大门做得像宫殿入口，富丽堂皇。几个身着西服的人正在搬桌子，似乎招聘已经结束了。

“不好意思，打扰了，我们是来应聘的。”

“应聘吗？”一个身材魁梧的壮汉瞥了一眼赍和大丸。

“对。”

“侍应生和酒保的招聘还没开始呢。”

“我们是来应聘保安的。”

“哈哈，小子你开玩笑吧？”那壮汉轻蔑地笑笑，旁边几个人也跟着笑了几声，便不再答理他们了。

“喂，招聘到底结束没有啊？”大丸见几个人不把他们放在眼里，一时怒火中烧，毫不礼貌地扯着嗓门问。

“小子，你找死吗？”那壮汉一下子被惹火了，快步走到大丸面前。其他人虽说注意到了，但站着没动，他们都不把这两个小子放在眼里。

“妈的，狗眼看人低。”大丸瞪着那壮汉狠狠说。

“算了，我们回去吧。”贲不想在这里惹是生非。毕竟初来乍到，不应该引发不必要的冲突。

“臭小子，不想死就快滚！”壮汉骂了一句，他也不想过多计较。但大丸已控制不住自己，来东京一年，憋了一肚子的闷气还没出呢，他用头向那大汉猛撞过去。因为个头只到壮汉的鼻尖，那人一下就被撞得满口是血。这下可把壮汉惹怒了，他像头牛似的冲了过来。贲见形势不妙，只好全力出招了，虽然力量不大，但直击要害，不想那壮汉竟然被打翻在地。其他人都看傻眼了，这才发现这两个小子不是泛泛之辈，全围了上来。

“住手，干什么，你们？”

眼看着围攻之势难以逆转，恶战在即，却突然听到一声喝止，所有人都退开了。一个身着黑色便装的中年人站在台阶上，双目如鹰，嘴角上扬。他摸摸下巴，剑眉一挑，说不出的威严。他身边站着一个与贲和大丸年龄相仿的青年，衣着时尚，英俊倜傥。

“高梨，怎么回事？”

“哦，误会吧，实在是抱歉。这两个小子想来应聘保安工作。”

一个身穿黑色夹克的虎背熊腰的汉子走到那中年人面前。他的名字叫高梨雨，是这家俱乐部的保安队队长。他的头发上了发蜡，顺从地贴向脑后。

“保安？”中年人先看了一眼躺在地上还在捂着嘴巴挣扎的壮汉，再看了一眼那两个莽撞的小子，“赶快收拾一下吧，高梨。”

高梨雨恭敬地点头，一辆林肯轿车开了过来，停在他们面前。

“叔叔，我开自己的车吧。”那个英俊的青年说道。

“晚上约了你爸吃饭。坐我的车吧，直江。”

“直江？”准备离开的赍听到这个姓氏，忽然想起了能代的毛利苍之介，想起了那个小子得意的家族背景。对了，就是直江！现在他和大丸可是穷得叮当响，他需要这份工作，更需要这个机会，真正进入东京的机会！

“先生，直江先生，我是毛利苍之介的朋友！”赍大声喊着。一只脚跨入车内的直江停住了身子。

“让他过来。”叫直江的年轻人把身边的保镖喝退，让赍和大丸走到跟前。

“你刚才说你是谁的朋友？”

“毛利苍之介，能代的毛利苍之介。”

“真的吗？你叫什么名字？”

“荒川赍，他是饭盛丸。你可以问问毛利，我们真的是他的朋友。”

虽说只是一面之缘，现在也只好这么说了，拿到这个工作最重要。

“哦，高梨，给他们一份表格填一下，让他们留下联系电话。”

“谢谢！”

“空手道不错。”直江笑笑，坐进了车里。

赍欣喜若狂，拉着大丸狠狠鞠了一躬。轿车开走后，赍又拉着大丸诚恳地向高梨雨和被打伤的壮汉赔礼道歉。

“你觉得他们怎么样？”直江问那中年人，中年人笑而不语。

年轻人名叫直江广赖，二十三岁，毕业于一所私立大学。他精于柔术和射击，完全继承了其父直江贵信精明的头脑和坚强的个性，被看做是接替其父直江贵信——目前上杉家系第二军团主将的最佳人选。不过大家都觉得他太年轻，仍需要历练。

那个中年男人名叫宇佐美戊辰，是一名律师。他的另一个身份是直江贵信的参谋，和直江贵信是大学时的同窗好友。

宇佐美虽说并不直接参与家族事务，但他为上杉家出谋划策和打点关系的时候并不少。他个人也与上杉家主公上杉端国有深厚的友谊。他和第二军团主将直江贵信，还有上杉端国的私人秘书，即最高参谋永井决五郎并称为“上杉家臣三巨头”。

由于第一军团由上杉端国的大儿子上杉休虎担任主将，所以直江贵信和宇佐美戊辰所领导的第二军团便被视为非嫡系家臣中最强大的力量。

上杉家族的行政与生意体系完全效仿东京第一大家族武田家的模式。家族的首领被称为“主公”，即黑帮组织中的“超级老板”；下设私人秘书一名，被称为“参谋”，主要负责传达命令及联系各方。家族下设两个军团机构，处理管理、保护、绑架、暗杀等各项战斗指令。一般来说，第一军团由家族嫡系人物组成，负责主公及家族领地和主要生意的保护；而第二军团负责外围保护、执行战斗命令和开拓疆域。军团长官被称为主将，下有副将，但东京家族军团会划定了管辖区域，所以他们也被称为“区域老板”。军团经过发展也拥有相对独立的经营能力。这样的发展导致很多小的黑帮家族产生分化，“区域老板”的实力不断膨胀，有的甚至超过了“超级老板”。中央无法控制地方，地方建立起属于自己的家族势力，甚至吃掉原先“超级老板”的经营领域，这样的事情也是屡见不鲜的。

经过十多年的经营，那时的上杉家族控制着东京北部地区。家族生意对房地产、餐饮和娱乐业都有涉及，当然，还包括赌博、娼妓和走私保护。这些生意为家族积累了巨大的财富。依靠新宿和池袋两大副中心区的发展，上杉家实力越发强大。这就让武田家感到了威胁。武田家控制着千代田区、中央区及江东区。随着两大家族生意上的摩擦纠葛，还有来自政治势力及社会力量的压力，双方矛盾逐渐尖锐，小的冲突不断。如何巩固、发展己方势力，为打压甚至消灭对方奠定基础就成为当务之急。而取得涩谷地区的控制权则是其中的关键环节。

作为日本乃至亚洲潮流的发源地，涩谷是日本年轻人的天堂。这是一个充满朝气的地方，有无限的商机和潜力可以挖掘。比起新宿那样著名的夜生活圣地，更富有生命力和犯罪隐蔽性的涩谷更是上上之选。武田家甚至放弃了长久以来耿耿于怀的新宿地区，将大部分注意力都放在了彼此都涉足未深的涩谷地区。

“赢得涩谷，就能赢得未来。”

由于武田家内部的一系列变故，家族实力也有所削弱。国家议会中有很多议员对武田家在中央区和银座地区的敲诈勒索感到非常光火，为恢复投资者和民众对于社会安全的信心，提起了一大堆对武田家不利的议案。这样一来，地下世界纷纷预测，对涩谷控制权的争夺，将决定上杉和武田两大家族势力的重新划分。到底谁能控霸东京，说不定就由这涩谷一战来决定了。

上杉家首先发动攻势，一家豪华夜总会开业在即。作为上杉家的先锋军，直江的势力开始入驻。宇佐美利用关系打通了开设酒吧的各个环节，高梨雨的人包下了夜总会对面公寓楼的一层，二十四小时待命，以应对各种突发事件。紧接着开始宇佐美和涩谷当地的势力接洽，威逼利诱，希望把他们拉拢过来。

那时的涩谷，大崎山志控制着娼妓生意；田中小野控制着赌博生意；而最难对付的是和武田家有瓜葛的麻绳折户，他控制着涩谷的毒品生意。

“进我们公司的货，我个人要百分之三十的提成，不答应就没什么好谈的。”麻绳折户根本不把宇佐美放在眼里，心里直骂娘。

“阁下应该知道，我们做的是正经生意，不想涉及毒品。”宇佐美礼貌地回应。

“那就滚吧！你是上杉家的走狗，你们那点儿事情我再清楚不过。快滚吧！真是惹人厌的家伙。你以为你们可以无法无天吗？武田家不会让你们有好下场的。”麻绳折户拍着桌子把宇佐美赶出了他的办公室。

“好吧，既然你用这样的态度，拒绝了我们的友谊，那么阁下请记住，你不是给我难堪，你是在侮辱上杉家，是在侮辱上杉端国大人。”宇佐美狠狠地看了肥胖的麻绳折户一眼——他不想在这个恶心的胖子面前多待哪怕一秒钟——随即转身离开了。

麻绳折户气呼呼地喝了一杯烧酒，看着宇佐美等人从楼里走出去，快速地上了轿车。

“糟糕！”他心中暗叫不妙，马上拨通了武田家的电话。

赍买了些啤酒和鱼丸，穿过黑暗的过道向房间走去，空气里那种腐烂的味道让他直想呕吐。虽说在这里待了一年多，他还是不习惯这样邋遢的生活。门被锁链反锁了，隐约能看见里面两个人翻来滚去，那女人的叫床声简直能把房子给掀翻。

“妈的，饭盛你这个混账东西，别把你那些脏东西弄到我床上。”

“遵命！”

赍无可奈何。大丸成天嘴里骂着那些骚货，干起来可比谁都带劲儿，完全没有想摆脱这里的意思了。

“202，有你的电话！”新装的公用电话在楼下一层，在那里下棋的老伯负责叫电话。

“来啦。”赍应了一声，把东西扔在门口，下楼去接电话。

“您好，请问是荒川先生吗？”

“正是。”

“您和饭盛丸先生住在一起吗？”

“哦，是的。”

“请明天来千金夜总会上班吧，你们被录用了。”

“真的吗？啊，实在是太感谢啦！”赍激动得电话都拿不稳了。

“还有，荒川先生，这边提供专门的职工公寓，所以请先生把行李一起带过来吧。”

“啊，好的。非常感谢！”挂了电话，赍高兴得手舞足蹈，终于可以摆脱这贫民窟的喜悦让他激动得发狂。

“大丸，你这猪头，我们被录用了！”

大丸赤裸着身体冲出来，傻看了赍数秒：“再说一遍。”

“我们被录用了！包吃住，第一个月的起薪是三万！”

大丸转过头看了一眼正在穿衣服的妓女，喊道：“好啦，快滚吧。给你五千，不用找啦！”

负责接待两人的正是高梨雨，他首先让他们签了一份承诺书。

“不用交保证金呀？”大丸好奇地问。

“麻烦看清楚承诺书上的各项条款吧，若有违背可是要付出相当惨痛的代价的。这可不仅仅是钱的问题了。”

“明白！”

“这儿有两部手机，是公司免费为你们提供的，里面有我的电话号码和公司一些部门的号码。”

说完高梨雨把两人带到了员工工作间。房间里整齐地排列着储物柜。打开一个柜子，里面摆放着员工制服、对讲机、胶棍和手电筒。

“这是你们的工作装备，接下来我带你们去公寓。”高梨雨把他们带进了夜总会对面的豪华公寓大楼。来东京以后，包括在家的时候，赍和大丸也从没进过这么高档的地方。随着电梯缓缓上升，两人都有些飘飘然。

“这就是你们的房间了。”高梨雨说。房间宽敞明亮，装修精细考究；电视、电脑、冰箱等各种家电一应俱全；双开门大冰箱中还摆满了各种酒水。赍和大丸都以为自己是在梦中。

“墙上有警铃装置。它一响，你们要立即赶往一楼报到。你们的工作可不只是晚上八点到凌晨四点这八个小时。你们可能还会承担别的工作，所以不可掉以轻心。最后，有句话我仅以私人身份告诉你们：你们两人被直江先生直接选入我的保安队，那么你们必须明白，你们的身份不是保安，更不是小混混，你们将效力于伟大的上杉家族。请勉力！”

“哦。”高梨雨离开后，赍和大丸还久久地站在舒适的房间里不知所措。

“不是在做梦吧？”大丸还神情呆滞。

“这不就是你想来的东京吗？”赍淡淡一笑，看向大丸。

当天，他们搬出了居住了一年多的破旧的出租屋，那里记录了他们在东京最苦涩也是最踏实的一段岁月。直到他们搬离那里，骗子深井也没有出现。一次偶然的机会，赍和大丸到筑地去吃若叶拉面，在那里撞见了更显苍老和落魄的深井。他们知道报仇的机会来了。深井那家伙当然认不出衣着光鲜的他们了，赍和大丸轻而易举地尾随他来到了他的居所。大丸看四下无人，正想上前，却被赍拦住了。这时，深井已经走进了屋里。

“孩子们，看我给你们带回来了什么好东西！”

“你就忍心让孩子们吃这些残羹冷炙吗？”女人叫嚷起来。

“有什么办法？那有什么办法？我没钱。要不你砍下我的手去给他们煮汤吧。”

女人没有再说话。

赉往里面瞄了一眼。五六个脏兮兮的孩子坐在榻榻米上，神情茫然地看看深井，又看看那个在埋头啜泣的邋遢女人。深井还是蓬头垢面的，拿起酒瓶就是一通猛灌。

“大丸，走吧。”赉招呼一声。

“怎么？不找他算账了？”

“命运已经惩罚了他，他已经是个没有灵魂的人了。”

夜幕深沉，涩谷似乎这才来了精神，华灯闪烁，流光溢彩。千金夜总会更是纸醉金迷，门前的名车络绎不绝，各色人物衣着光鲜，混迹其中。被赉和大丸打败的那个壮汉叫馒头，是个话匣子。他和赉、大丸同分在外场组，来辆车就介绍这是什么了不起的名车，来个人就介绍这是什么了不起的名人。光顾这里的确实不乏养眼的明星，甚至还有 AV 女星。

一辆 GT-R 停下来，后面紧跟着一辆保时捷。两个年轻人跳下车，工作人员纷纷点头示意，许多客人也过去亲切招呼。他们一个是上杉家第二军团主将，直江贵信之子直江广赖，另一个是他的好哥们儿毛利苍之介——毛利苍之介总算是回到了东京，心情大好，留起长发，威猛帅气。

“赉，你看，是毛利那小子。过去打招呼吗？我们可是打着他的名号才能来这里工作的。”

“哦，现在我们可没资格跟他打招呼呀。”两人退到一边，并未让直江和毛利看到。

凌晨一点钟左右，直江让高梨雨把赉和大丸叫了进去。

“嘿，朋友们，在这里还好吧？”赉和大丸进入宽敞的包房时，毛利起身迎接。

“高梨，今晚荒川和饭盛两人放假。外面就拜托你了。”毛利跟高梨雨打了个招呼。高梨点点头带上门出去了。

“毛利君，实在是不好意思。”赉诚恳地向他鞠躬——打着毛利苍之介的名号才找到工作，本来也是让人难为情的事——赉和大丸的拘束反而让毛利不知所措了。

“荒川君言重了。直江可是求贤若渴，能有你和大丸帮助，真是幸运的事情！”

“就是，高梨跟你们说了吧？我们虽不以兄弟相称，但我是很相信友谊的，建立在我们共同利益之上的友谊。两位可愿与我共谋大业？”

直江本身是年轻人，讨厌那些虚伪的客套和礼数。他从心底欣赏赉和大丸这两个小子，又恰逢需要收罗自己人的当口，所以显得格外亲切。

“求之不得！”大丸看见飞黄腾达的机会就摆在自己面前，喜形于色；赉只是礼貌地点头微笑，对直江和毛利的示好显得十分冷静。

“客套话我也不多说了。咱们都是年轻人，第一眼看到二位，我的直觉就告诉我你们不是泛泛之辈，是有血性的男子汉。所以，我希望二位——荒川赉和饭盛丸能成为我们的战友，为我们的友谊和家族的利益而拼搏！”直江端起酒杯，看看赉，又看看大丸。

“悉听吩咐！”赉和大丸也端起酒杯。

“太好了！”毛利笑道。四人将酒一饮而尽。

“金王马爹利干邑的味道怎么样？这可是我们酒单上最贵的酒了！”毛利得意地说。

“喝太快了，没尝出来。”饭盛挠挠头，傻乎乎地说。

“饭盛，没关系啦。今晚，这瓶酒我们四个人慢慢喝。我给你们讲讲酒的知识。”

“毛利君对我们太照顾了，有什么吩咐尽管说吧。”赍早已看出毛利有话要说。他也听过一些东京黑帮的事情，不经过一番考验，是很难取得黑帮成员信任的。

毛利看了看直江广赖，广赖点点头。

“我也是讨厌拐弯抹角的人。既然如此，我有话就直说了。想必你们也能感受到我和广赖对二位的诚意，我们确实希望与你们成为真正并肩战斗的兄弟。这里有个任务要交给你们，这也是你们二人表现和我们的友谊以及对上杉家族忠诚的机会。”

“毛利君只管吩咐。我和大丸来东京闯荡，当然希望能有所发展。有这样好的表现机会，我们定会全力以赴！”

毛利看看赍和大丸，他确信不用对这两个热血青年再绕什么弯子了，于是接着说道：“现在东京的两大家族，就是我们上杉家和武田家，两家争霸之势日趋明显，谁能控制涩谷，谁就可以占得先机。现在我们面前有一个障碍，就是叫麻绳折户的一个人。他控制着涩谷的毒品生意，本来就是个十恶不赦的人渣。他不愿意接受我们的友谊，还咄咄逼人。我想你们应该明白我们的意思。”

直江接着说：“麻绳折户每晚会去一家洗浴中心泡汤。你们不用担心，所有事情都已安排妥当。办完事后会有人去接你们，可能得到外面避避。放心！只要你们干得漂亮，你们将会受到重用……这是三百万日元，事成后得到另一半……当然，你们也可以选择继续拿五万的月薪。”说完，直江把一张支票放在桌上。

“承蒙信任！”赍收起了支票，双方相视一笑。

“好啦，今天就放松一下吧。”包房门打开，走进来几位身材惹火的比基尼女郎。她们笑盈盈地分别坐到四人身边。

“饭盛，可以打包的哦！”大丸搂着女郎只顾喝酒，大家一阵哄笑。来到东京大丸还从未这么快活过呢。名酒，美女，这样的生活，曾经不过是他的白日梦罢了。

当晚两人住在上杉家族控股的一家酒店里。

女郎已经熟睡，贲并没有碰她。他穿上睡衣，为自己倒了杯威士忌。拉开窗帘，巨大的落地窗外是夜色撩人的东京，美得让人心醉神迷。贲将酒一饮而尽，但努力让自己保持清醒。这就是他想要的吗？不，这是大丸要的。他想要的不是奢华的生活，而是拥有强大的实力，然后报仇。

有人说，善良的亡灵会化做夜空中的星星，那么母亲会在天上看着他吧？他举头望去，天空呈紫红色，云层很厚，看不见一颗星星。贲心里很难过，莫名的难过。他以为是对母亲的难过，其实是对自己的难过——他将走向巨大的罪恶，而背弃母亲的善良。但他将勇敢，无论是怎样的一条道路，他踏上了，就得走下去。我们将它称为命运。

麻绳折户抢先下手，愚蠢地对千金夜总会实施破坏，但收效甚微。当地居民对麻绳折户早已深恶痛绝，地区警方也在找机会打压他的势力，这样便给了直江他们可乘之机。

麻绳折户在出门前被武田家呵斥了一番。他的冒失行动有百害而无一利，招致厌恶又打草惊蛇。这让武田家主公武田龙马大为震怒：

“你的愚蠢会让你丧命！”

面对这样严厉的斥责，麻绳折户感到委屈，感到自己的忠诚受到了侮辱。他憋着一肚子气，狠狠喝了两杯酒，他不想为这些乱七八糟的事情烦心了。他想，到洗浴中心按摩是多么惬意的事啊。虽然这是非常时刻，但他并不把宇佐美放在眼里。什么狗屁？涩谷可是麻绳折户的地盘。他愤愤地想着，带上两名保镖赶往洗浴中心。

一路上他内心忐忑，有些坐立不安，但桑拿和按摩结束之后他便放松了。他看看手下，几个人正凑在那里打牌。

“妈的，没用的东西，养了一群蠢猪！”他把保镖们踢起来，开车回家。

那晚连一丝风也没有，静得出奇。麻绳在下车前向四周看了看，公寓楼下的花园里似乎坐着一对情侣。麻绳联想到自己在国外读书的儿子是不是也谈恋爱了，说不定也和某个女生花前月下呢。他的心里充满了温暖，他对自己的胡思乱想报以不置可否的一笑。儿子是他这辈子唯一值得骄傲的事情，再多的金钱也比不上儿子从国外打的一个电话。但儿子在长大后似乎隐约知道了些什么，越发不愿亲近父亲了。他要求在国外读书，以后也在国外发展。他对麻绳的态度也越发冷漠，很久没给家里打过电话了。

“你们回去吧，我走走。”麻绳吩咐手下，用一种少有的温和态度。

公寓大门离停车的位置只有十公尺的距离，他缓步向大门走去。保镖上车，目送着他安全到了大门，然后开动了汽车。麻绳掏出钥匙来开门，他把钥匙插进钥匙孔，还未扭动，门却被猛地拉开。一只手抓住他猛地一拽，另一只手捂住了他的嘴。大门后的黑暗角落里，一个人迅速扑上。一把尖刀刺向他的胸口，又一刀刺向他的小腹，来人连刺了五刀。其中一名保镖发现似乎不对劲，当他们冲到大门处时，麻绳已经毙命，他的眼里不是惊恐，而是悲凉。

赍和大丸迅速从后门出来，跳上早已等候在那里的汽车。

当时的时间是二十三点十五分，一班飞往冲绳那霸市的班机将在二十三点五十分起飞。当警察和武田家的人还没摸清状况的时候，赍和大丸已坐在了飞机上。他们还来不及平静心情，大丸掏出掌上游戏机猛打，而贲则一个劲儿地喝水，脑海中还在浮现着他刺向麻绳的每一个瞬间。他深呼吸，试图从慌乱的情绪中解脱；他凝望夜空，感到自己离母亲是那样的近，突然有了想哭的冲动；他把遮光板拉下来，用毛巾遮住脸。他知道，一切都成为现实，他已经踏上了这条叫江湖的不归路。

麻绳折户倒了，大崎山志和田中小野等人纷纷向上杉家示好。上杉家三家赌注登记站和两家旅店入驻涩谷。直江广赖正和宇佐美计划再开一家更适合年轻人娱乐的酒吧。日子一天天过去，直江贵信带领的第二军团很快在涩谷的地下生意中取得了主动权。

上杉家一旦完全控制了涩谷，便与武田家真正形成了势均力敌的态势，这是武田家不希望看到的；麻绳折户毕竟算是武田家的家臣，他被杀，武田家不可能不报仇。所以，于公于私，武田家已被逼到不得不做出回应的地步。一直以来，他们低估了上杉端国的胃口，万万没想到上杉家的推进速度会这么快。如果不反击，那么他们东京第一家族的地位必将不保，那些见风使舵的人必将向上杉家示好，这样一来，武田家的处境就更被动了。

事实上上杉家也并非团结一致，家族高层暗流涌动。

作为第一军团主将的上杉休虎是个极其自负的年轻人。他眼看着直江贵信带领第二军团开疆拓土，财力和人力一日日雄厚起来，潜在的威胁让他坐立不安。上杉端国也注意到了这一点，虽然他坚信他与直江贵信及宇佐美戊辰之间的友谊，但这并不表示他放心他们的下一代，特别是那个和自己的儿子同样年轻并拥有雄心壮志的直江广赖。上杉端国老了，他不得不为自己的儿子多做考虑。他当然得把基业交到自己儿子手中，而不能在死后让上杉家族改了姓氏，或者分崩离析。当务之急，自然是控制好直江家：一要让他们有所忌惮，二不能让他们对上杉家族产生戒心。

“友谊的力量是巨大的，可能让人成就伟业，也可能让人走向毁灭。”上杉端国这样教育他的大儿子上杉休虎。

上杉端国从不过问直江家的账目，两家也从未在经济问题上发生过分歧。虽说如此，年轻气盛的直江广赖迫不及待地想在涩谷开第二家酒吧，以扩展自己的生意。他向永井决五郎申请两千万日元的流转资金一事，引起了上杉一族的不满。

永井决五郎每天都会向上杉端国报告直江家的大致情况，当听到两千万日元流动资金的申请时，上杉端国皱起了眉头。

“是贵信的意思吗?”上杉端国支起身子喝了一口咖啡。从午饭后他就在藤制躺椅上休息，这把躺椅是某党要人送给他五十大寿的礼物，也是他的最爱。

“哦，不。是直江广赖的直接申请，主公。”永井以为主公睡着了，所以顿了一下，清了清嗓子。

“不懂规矩的家伙。”上杉端国站了起来，他的鬓发已经全白了。这些年他觉得自己太累了，身体在迅速地衰老。然而他却不知道自己做的这一切是否值得。他患了肝癌，他的身体在逐步走向死亡，但他却有着良好的心态。他认为这是佛祖对他的宽恕与拯救，这样他便可脱离苦海。他活下去的唯一动力，便是交给儿子一个强大的家业。休虎虽然快三十岁了，但他还不成熟，还无法扛起维系整个家族的重任。

“广赖那小子要那么多钱，而且不经过他的父亲就直接向你来要，这是在践踏我们老一辈之间的友谊。那个自以为是的小子太不懂规矩了。”

最近地下世界也是谣言四起，盛传直江家决心拿下涩谷，自立门户。上杉端国最近的疑心也加重了，一点儿风吹草动就会让他紧张起来。让第二军团进军涩谷本来也是他自己的命令，虽说他了解第二军团的实力，但那样迅速地在涩谷占据优势实在是令人咋舌。当时的端国并不太了解武田家的情况，如果他知道武田家内部也有问题，就会少一分疑虑了。

“那么，主公，驳回吗?”永井试探着问。

“嗯，把这事告诉他们老头子，让老头子明白不是我们不给，是得让他的儿子懂点儿规矩。”

其实曾经的端国比直江贵信更迁就这群孩子，对广赖也不例外。在他眼中，广赖一直是个可爱的孩子，小时候他和休虎是亲密的玩伴，情同手足，在那时他对广赖的爱，一点儿不亚于其父贵信。他一直认为，广赖之于休虎，就像贵信之于自己。但可惜，现如今他所看到的，是可能的背叛与兄弟相残，他不得不做保护自己家族的打算了。

“是，主公。”

“休虎还在公司吗?”

“不，他已经回家了。”

“哦，他吃过饭了吗?让厨房给他做点儿夜宵吧。”

“是，主公。关于休虎申请第一军团旗下公司进驻涩谷的事，您看……”

“驳回吧，要让直江明白我对他的信任。”

“是。”

“我累了。我的身体真是糟透了，你告诉休虎说我休息了，明早我和他一起进早餐。”

“是，主公，晚安。”永井退出了房间，带上门。上杉端国的卧室除了他的两个儿子，只有永井可以进入。他也为这份信任与荣誉鞠躬尽瘁，并决定终身追随上杉家。

上杉家的厨房里亮着灯光，休虎正坐在餐桌前吃着寿司和天妇罗炸鱼。他一副闷闷不乐的样子，好像要把气都撒在食物上似的，大口咀嚼着。永井决五郎坐在他的对面，喝着一杯热腾腾的浓茶。

“父亲他到底明不明白，直江家已经膨胀到不可容忍的地步了。他们到底要干什么？”

“虎少爷，平静些吧。主公已经提醒直江贵信了。”

“哦，提醒？他不让我的人插手涩谷的生意，这不就是给了直江家叛变的机会吗？”

“虎少爷还不明白吗？直江家的财力虽说与第一军团不相上下，但战力和关系网是完全没法相比的。而在这个时候，唯有给予直江家充分的信任，家族内部团结一致，才能保证我们能与武田家抗衡。”永井喝了口茶，咂了咂嘴。他也是上了年纪的人了，可没力气和休虎这样的年轻人争论不休。

“好吧，既然是父亲的意思，我也没有违逆的道理。我吃饱了，先去睡觉了，先生晚安。”

“就这样吧。凡事要耐心，虎少爷。”

休虎回到卧房，无意间看到了放在写字台上的儿时的照片，大概是小学四年级时照的吧。四个小孩每人手拿一支波板糖，站在曾经住过的别墅前——那是栋老房子了——从左至右是鬼小岛丰海，那个一身蛮力的小子，然后是年纪最大、个子最高的上杉休虎，接着是直江广赖和毛利苍之介。四个孩子笑得一脸灿烂，后面还站着上杉休虎的母亲——母亲在几年前过世了——母亲手中还抱着刚满三岁的弟弟上杉休悟，他的手中也拿着一支波板糖……休虎看得出了神。如今鬼小岛跟随着自己，而毛利跟随着直江，四个儿时的玩伴现在也还是并肩的战友。

“说不定哪天就会成了仇人。”休虎自言自语地嘟哝了一句。他嘴角上扬，显出一种阴险，眼睛里却写满落寞。

晴朗的天空，碧蓝的海水，白色的沙滩，新鲜的水果和性感的比基尼女郎。赍和大丸在冲绳的日子可谓无比惬意。

在那霸待了一段时间，赍爱上了钓鱼，而大丸则爱上了比基尼女郎和沙滩酒吧。于是两人干脆坐船去了座间味岛，一待就是半个多月。坐在白色的沙滩上，喝着泡盛酒看夕阳，实在是惬意的生活。而且刚好是可以观鲸的季节，看不到鲸鱼也可以租条小船到海上钓钓鱼。租船钓鱼时赍认识了米叔。

米叔姓小笠原，由于饭量以一顶三，所以大家都叫他米叔。米叔一直在日本和泰国之间跑船，妻子是泰国人。因为每年这个时候生意清淡，所以有空他就带着女儿塔雅来冲绳度假。米叔是酷爱钓鱼之人，所以和赍越混越熟。两人相见恨晚，叫着大丸一起，夜夜不醉不归。

到后来，米叔和赍合租一条船，常常天不亮就出海钓鱼。

“米叔，实不相瞒，我们是家族的人。”赍不想隐瞒自己的身份。

“是吗？这边出来跑路的家族中人多啊。看你和大丸都没刺青，我一时还不敢肯定。不过你们身上的戾气，我这个老江湖还是能感受到的。”

“莫非米叔早就看出来我们是跑路的？”

“哈哈，你们开始说话都很小心翼翼。你还好，大丸喝醉酒就一通乱说。真是，呵呵，乳臭未干的小子啊。”

“米叔厉害啊。敢问米叔也应该是同道中人吧？”

“呵呵，臭小子，好眼力嘛。不过我不是家族的人，我是跑走私船的。”

“我就说嘛。”

“水手而已——呀，鱼上钩了，看来是条大鱼啊！”

……

虽说米叔知道了赉和大丸是家族的人，但他打心眼儿里喜欢这两个直率的年轻人，所以也没有什么顾虑。米叔常常带着自己十七岁的女儿塔雅和他们一起吃美味的海鲜，听冲绳的传统音乐，一起在星空下露营。米叔吹得一口好口琴，伴随海风轻轻吹响的乐曲，能让人心灵宁静。

四人在名为“JOYJOY”的旅店租下了两间屋子。这里的小庭院很别致，塔雅也非常喜欢赉和大丸这两个大哥哥，就像黏人的小妹妹一样跟着他们。

有一次，早晨起来的塔雅来叫赉和大丸起床。赉刚刚醒过来，散乱着头发坐在阳台上抽烟。塔雅看到了放在赉身边盛放糖果的玻璃小瓶。

塔雅跨过在榻榻米上睡得像死猪一般的大丸，走到赉的身边。

“哥哥，这里面是糖果吗？”

赉将烟掐灭，用手摸摸塔雅褐色的鬈发，说：“对啊，是糖果。”

“可以吃吗？”

“啊，可能过期了吧。不能吃了。”

“这样吗？是姐姐送给哥哥的糖果吗？所以哥哥才舍不得吃，对吧？”

“呵呵，傻瓜。”赉的眼神已经好久没有这样柔和过了。他看着面前这个可爱的女孩，想起了还在秋田时的浅井青伊。

塔雅轻轻抱住了赉。那一刻，金色的阳光洒进来，将两人笼罩在一层薄薄的光晕中。

“我很喜欢哥哥。”

贲没有说话，他只是轻轻抚弄着塔雅的发丝，他只希望塔雅真的是他的妹妹。有这样一个可爱的妹妹，是多么美好的事情啊。

回到那霸，大丸终于说动贲去刺青了，米叔给他们介绍了冲绳最好的刺青师傅。由于还要赶回泰国去，米叔和塔雅在第二天就离开了，双方互留了联系方式。

“臭小子，有事一定要联系我啊，来泰国玩也是。”

“没问题啊。”

米叔和塔雅离开后，贲和大丸去了米叔介绍的刺青店。

“怎么称呼?”刺青师傅是个看起来很沧桑的中年男子。他手上戴着菩提，看来笃信佛教。

“叫我贲就可以了。”

“哦。贲者，武士。”

刺青师傅在贲的胸膛刺了一位身穿碎樱革绒铠衣，肩披九星纹战袍，头戴狮鹫纹战盔的武士。只见那人虎头鹰目，手执一把长刀，威风凛凛，栩栩如生。

“此乃战国之战神上杉谦信之化身，其英灵必能保佑你。”刺青师傅对贲说。

而大丸一看刺青师傅有这等功力，像是不把身上刺满就对不起来此一趟似的。

“师傅，你是高人，你看着刺吧。你知道吗？我也相当威武的，人送绰号霸王丸，霸气吧？来个酷的!”

他双臂刺了飞天战神图腾和一段梵文经文，背上刺了四大金刚之一的多闻天天神像。

“此段经文取自藏传佛教中的皈依经，能消化戾气，保佑平安。”

“师傅，那些虚的都别来，我要有霸气的。刺个什么字吧，要不就来个‘杀’字吧。别人看到就怕了，免得我真出手把他收拾了。哈哈。”

无论赍怎么给大丸使眼色，大丸还是口无遮拦，兴奋地说个不停，一点儿跑路的样子都没有。

“‘杀’字我看显得不吉利。既然你这么喜欢威武霸道，那我就给你刻两个字吧。”

刺青师傅在大丸的脖颈两边分别刻下“无”、“赦”两字。

“虽然我不懂什么意思，但看起来的确很有杀气咧！”大丸对着镜子得意地自我欣赏着，完全忘记了刚才在椅子上疼得哭爹喊娘的狼狈样，“哈哈，我现在可是刀枪不入、战无不胜啦！”

“白痴，走了。”赍实在受不了了，一脚踢向大丸的屁股。

两人向刺青师傅道过谢，一路打打闹闹，说说笑笑，到海边吃烧烤去了。

难得的无忧无虑的生活，一晃就是三个多月。

“什么时候回东京呀？”悠闲的岁月久了，大丸也无聊起来。

“应该快了吧。高梨说三四个月就可以回去了。”

“赍，你说我们回去不会还做保安吧？”

“当然不会。我们已经不是保安了，我们是上杉家的战将！”

“听起来很酷哦。”

赍没吭声，他走出小木屋，任海风肆意打在脸上。他思念青伊，所以他才想回东京。也许会在某个车站、某个便利店、某个餐厅或者某个地下通道里，邂逅她。他时常设想那样的场景，也时常端详那盛放记忆的玻璃瓶，瓶子里的糖果是那么可爱，就像青伊的笑容。

在冲绳待了四个月之后，赍终于接到了高梨雨的电话：“赍，你们回来吧。”

回到东京，直江广赖在千金夜总会专门为贲和大丸开了接风派对，参加的有宇佐美戊辰、毛利苍之介和高梨雨等人。

“看到你们黝黑的皮肤，不禁让我想到了我的第一次。”高梨雨终于露出了笑容，这个看上去面相凶狠的人像哥哥搂着弟弟一样和贲喝着酒。

“你们所做的一切证明了你们对这份友谊的忠诚，我真的为此而骄傲。”宇佐美从口袋里掏出两张信用卡，分别递给了贲和大丸。

“去买车子吧，还有像样的衣服，奢侈一把，哈哈。”直江也显得兴高采烈。

“你们做得很利索，任务完成得非常好。这几个月我们家族的生意已经全面向涩谷渗透，新的店也会陆续开起来。毛利将去别处担任工作，所以这家店的管理，我准备交给你和大丸。生意上的事，会有助手协助你们。”直江握着贲的手，很诚恳地说。

“直江少爷，承蒙信任。我和饭盛君愿为您效劳。”

“太好了！你知道，家族在涩谷的发展很迅猛，与我们建立友谊的人很多，但敌人也同样在增多。这是难免的，特别是武田家，他们肯定在找机会对我们进行报复，所以我也需要你和大丸这样的得力干将在身边，光靠毛利和高梨是远远不够的。”直江微笑着看向正在喝酒的大丸。

“好，我明白。”“这还用说，甘愿效劳。”贲和大丸回答道。

“好啦，舟车劳顿，你们好好放松。明天起开始努力工作吧。”

第二天，贲和大丸接到家族办公室的电话，要他们去选车。贲挑了辆银色奥迪跑车，而大丸对黑色 GT-R 情有独钟。两人驾着车，在秘书的陪同下去银座购物，从范思哲西服、普拉达皮鞋到劳力士手表、阿玛尼墨镜，任由他们挑选。然后他们在银座的高档餐厅里享受各种美食，体验奢侈带来的快感。

“东京，我爱你！我爱你，东京！”站在东京铁塔上俯瞰全城，大丸不由得心潮澎湃，大声呼喊起来。赍赶紧上去捂紧他的嘴，免得惊吓到其他游客。

大丸实现了自己的梦想，他丝毫不在乎自己的手上沾满鲜血，他的财富背后隐匿着巨大的罪恶。那些他都漠不关心，此刻，他只有“一览众山小”的豪情。

而无论是在街道还是在商场，无论是在餐厅还是在酒吧，赍的心里始终没有放下过那个身穿樱花和服的女孩。他呆呆地注视着汹涌的人潮，期盼在某一次回眸中看到那娇小的身影、动人的笑容。

赍和大丸虽说过着舒坦奢侈的生活，但他们并没有得意忘形。赍深知依附于家族势力，稍有不慎便会大祸临头，因此他一直谨慎行事，而他的管理才华在后来的日子里逐渐显现出来。千金夜总会生意兴隆，且太平无事。曾经有几个流氓想在这里滋事，被大丸打得体无完肤，此后，便很少有人敢在这里惹是生非了。

赍虽说沉默寡言，但却令人信服。他不仅拥有非凡才能，待人也非常和气，又喜欢结识朋友。所以，一段时间以后，荒川赍和饭盛丸的名气在涩谷逐渐大了起来，这也扩大了直江家在整个涩谷的影响力。

荒川赍、饭盛丸、毛利苍之介和高梨雨，第二军团的四名部将在涩谷的威信逐渐树立起来。小的帮派团体望风披靡，大多依附于上杉家，武田家的势力根本无法介入。不到两年时间，上杉家在涩谷之争上获得全胜，两大家族看上去旗鼓相当了。

这个时候的荒川赍已经完全取得直江家的信任，他和饭盛丸常常作为贴身保镖陪同直江贵信出席各种活动。赍的缄默乖巧更让直江贵信十分欣赏。这位老人青睐有心的年轻人，他觉得现在的年轻人大多狂妄自大，毫无尊卑观念，而像贲这样有本事而又懂事的年轻人实属难得。他知道自己的儿子广赖因为涩谷的胜利变得更为骄狂，而宇佐美毕竟有自己的打算，更何况终归有上杉端国盯着，辅佐广赖就非荒川贲莫属了。

所以在这些日子里，直江贵信要求宇佐美多教荒川贲对家族事物的管理。

“吾子广赖必然会接替我，望你能好好辅佐他，不辜负我的期望。”

贵信很明确地告诉了贲他的想法。在各类家族活动中，贵信必定要让广赖和贲一同出席，朝夕相处之间，广赖和贲也有了惺惺相惜的真挚友情。

樱花盛开的季节，天气却提早热了起来。女孩子们迫不及待地脱下毛衣，换上了漂亮的长裙，挽着男友去公园游玩。千金夜总会的生意早已步上正轨，收益稳定，贲也能分出时间和精力去管理别的事务。最近他也在打探秋田那边的消息，丧母之痛令他片刻难忘。

一个闲暇的午后，大丸带着他的新女友去百货商场购物。贲挑了一间名为“Craighton’s Grand Café”的咖啡西餐厅坐下，点了红茶和蛋糕，翻阅着报纸，享受着舒缓的爵士音乐带来的轻松感。

“你说，这个女的到底是谁?”

“你干吗抢我的手机?”

坐在不远处的一对情侣发生了口角。男生身穿白衬衫，戴着无框眼镜，一副大学生模样。而对那女生不经意的一瞥，却让贲忘记了呼吸。她穿着白色碎花连衣裙，身材瘦削却匀称；酒红色的头发扎成发髻；娇美的面庞因为愠怒而微红。她微微撅起嘴唇，两个酒窝若隐若现，眼睛里闪着泪光，像是受到伤害的羊羔般惹人怜惜。这个令人怦然心动的女孩在哪里见过呢？

“浅井青伊！”一声呼喊卡在赍的喉头。他全身的每一根神经、每一滴血液都在为眼前这个女孩而兴奋。

他朝思暮想的人竟然在这样不经意的时刻出现在面前，然而他却本能地用报纸挡住了脸。他的第一反应是：她是一名大学生，而自己是一个刽子手；她白嫩的手留着书香，他粗糙的手沾满鲜血。赍为自己的想法感到惊慌和恐惧。

只见那女孩站起来，转身就走；那男生嘟哝着骂了几句，也站起来走出门去，向相反的方向离开。

赍伫立在那里，脑袋一片空白。他把钱扔在桌上，推开门想去追像极了浅井青伊的女孩，却跟刚刚走到门口的大丸撞了个满怀。

“我看到浅井青伊了。”说完这句，他推开大丸朝青伊离开的方向看去，却只有茫茫人海，哪里还有青伊的影子。

工作照常，周末九点时，赍接到电话说有VIP客人。

“喂，荒川君，我弟弟和他的女朋友想过来玩。接待方面拜托啦！”

上杉休虎亲自给赍打来了电话。他和赍只见过几次面，并不熟悉，但他知道广赖的这个手下很不简单。虽然他不喜欢这种深藏不露的人物，但为了最后能击败广赖，收买人心还是必须的。所以尽管休虎一贯飞扬跋扈、不可一世，但对赍总算礼貌客气。

“我一定办好！”

赍今天决定亲自督场，布置最豪华的包房，并将大丸和高梨都调过来，负责安全工作。十点半时，两名隶属第一军团的战将——鬼小岛丰海和神藤卫希到达，他们都是第一军团战功赫赫的厉害人物。接着广赖也到了。他到达后不久，休虎的奔驰轿车就停在了灯光璀璨的千金夜总会前，从后座下来一男一女。

广赖带着赍、大丸前去迎接，休虎上来便和广赖热情拥抱；一堆人挤满了入口，门童手忙脚乱；保镖一拥而上，护住了几位贵客。

“哎呀，休悟啊，好久不见啦！”广赖十分热情地跟休虎身后的男生打招呼。那男生就是休虎的弟弟——上杉家二少爷上杉休悟，是即将毕业的大学生。他穿着随意，戴着一副无框眼镜，微笑着和广赖拥抱。

“我介绍一下，这是我的女友浅井。”上杉休悟说。那女孩礼貌地上前和广赖打招呼。她身着黑色长裙，华贵无比，酒红色的长发披在肩头，淡淡一笑，美若天仙。只有赍看出了她眼中的尴尬——其他人都穿着休闲装，唯独浅井在这样的酒吧里穿着晚礼服，一定是那个无耻的上杉休悟在戏弄她！而他们手上戴的蒂凡尼情侣手链，深深刺痛着赍。幸好这时躲在后排的他戴着墨镜，不然他凶狠的目光定叫休悟吓破胆。他朝思暮想的女孩，却成了别人的女友。

借着人多，赍抽身而出。广赖正欲介绍他时，却发现没了赍的踪影。

赍驾着他的奥迪跑车，一路飞驰。他的眼泪如决堤之水，瞬间模糊了视线。他想哭，想号啕大哭。他最深爱的女人，他寻找四年的女孩，依偎在别人身边。如果是其他的人他还可以去争去抢，可偏偏那个可恶的男人姓上杉！

赍近乎疯狂，他不知道开了多久，终于在上野恩赐公园停了下来。他抹去眼泪，觉得筋疲力尽。他从未像现在这样感到无能为力，那光彩照人的天使，却成了这样一个熟悉又陌生的女孩。

赍打开手机，里面有七个未接来电。五个是大丸打的，一个是广赖打的，还有一个陌生号码。

赍平静心情，拨通了大丸的号码：“喂，大丸。”

“赍，你在哪里？你怎么突然消失了？你没事吧？”大丸问道。

“我没事。我在上野恩赐公园呢。”

“妈的，你有半夜逛公园的嗜好吗？这边差不多了，我去找你吧。”

“不用，我待会儿就回去。”

“赍……”

“嗯？”

“我把你的电话号码给了浅井青伊。有什么……你自己说吧。”

“嗯……”

赍把车开回了他所住的公寓，看看表还不到凌晨两点。他也不想去夜总会了，他觉得自己整个人都快虚脱了，只想好好睡一觉。

他锁上车门，把钥匙扔进口袋，向楼道的电梯口走去。

“赍。”声音轻柔，却像一块石头扔进平静的湖水里。这一声仿佛一定要让人落泪。

赍和青伊来到公寓附近的一家二十四小时营业的麦当劳。虽然已是深夜，还有不少从夜店出来的年轻人在这里吃东西。

“你不会怪饭盛君告诉我你的电话吧？”青伊先开口问道。四年不见，青伊已经出落成了一个亭亭玉立的大姑娘。赍看看眼前这个美丽中略带颓废的青伊，和记忆中那个青涩单纯的青伊相比，实在有些陌生。

“怎么会呢？我只是……只是对这样的相遇有些不知所措。”赍摆弄着可乐，莫名地紧张着。

“听饭盛说，你们来东京已经三年了。时间过得真快。”

“是呀，我们都长大了。这些年你还好吗？”

“还好吧。听饭盛说你负责管理千金夜总会，很厉害嘛。”

“哦。”

赍并不清楚青伊是否知道家族的事情，但他不希望青伊知道他在为家族效力。但青伊又和上杉休悟交往，那说不定她什么都知道……

“休悟是我大学同学。我们的感情出现了许多问题，他向我隐瞒了很多事情，这些我都不在乎，但他实在是太花心了。我和他的关系很难维持……”青伊低着头，她说话声音很小，就像个做错事的孩子。

“休悟……从不告诉你他家的事？”

“从不。在学校时大家就谣传他有黑帮家族背景，但他从不给我说他家的事。他的确很有钱，很讨女孩子喜欢。”

赍沉默不语，听到这些话他觉得心如刀割。

“对不起……”青伊知道自己说出这样的话，实在有些轻浮。

这时，几个来买食品的青年认出了赍。他们是千金夜总会的常客，都是些有钱人家的公子。他们上前和赍打招呼。

“荒川哥，想不到竟然在这里碰到你！”

“哦，你们好。都这么晚了，还不回家呀？”

“荒川哥不是也没回家吗？哇，这是荒川哥的女朋友吗？”

“啊，不……”荒川一时不知如何开口，青伊只是红着脸低下头。荒川慌张地看向青伊，那一瞬间，他似乎有回到学生时代的感觉。

“没想到所向无敌的荒川大哥也有害羞的时候啊。好啦，我们不打扰大哥和嫂子啦。记得要请我们喝酒！”几个青年哄笑着离开了。

“你人缘蛮好嘛……”青伊微笑。

“嗯，是酒吧的常客而已，混熟了。”

两人一时又沉默下来，只好埋头喝饮料。

“时间不早了，我送你回去吧。”

“好。”

离开车库时，荒川在口袋里掏了半天，却发现没有零钱。

“我有。”青伊打开包，在里面翻找，那个盛着糖果的玻璃瓶掉了出来。

“你……还留着？”贲有些惊讶，他以为青伊早就忘记了在秋田告别时所许下的承诺。

“嗯，我也在等待和你相遇。”

“可是你却成了别人的女友。”

贲发动了汽车，车载电台放着欢快的歌曲，两人却沉默不语。两行眼泪淌过青伊的面庞，她没有擦拭，只是无声地流泪。贲想说些什么，可他的嘴就像被缝上了似的，甚至一个微笑也挤不出来。他知道青伊正流着泪，他知道自己为青伊的眼泪而心碎，却还是不知道该怎么办。他只是难过得要命，如果重逢要面对这样的场面，那他情愿永远怀揣着糖果玻璃瓶，怀揣着那份美好的期许，无休无止地等待。

车停在了青伊家楼下。两人呆坐了一会儿，时间仿佛已静止，他们像两个对弈的人，在等待对方出招。

忽然，青伊转过头，亲吻了贲的脸颊。

“在错误的时间和地点完成了迟到四年的一个吻，我的心里装满了遗憾!”青伊说完便哭泣起来。她泪流满面的模样楚楚可怜，她死死地盯着贲的眼睛，那无助与悲伤的眼神令人心碎。青伊推开车门离开，留下一脸恍惚的贲。

这样的重逢，真是混乱得一塌糊涂。

“周末去迪斯尼玩，怎么样?”当大丸说出这样的话时，贲差点儿翻箱倒柜地去找温度计。

“是浅井青伊的主意，她说要找回在秋田的感觉。”

“到迪斯尼找回秋田的感觉?”

“喂，赍，这不像你啊。你不是对浅井朝思暮想吗?”

“她有男朋友了。”赍说这句话时一点儿也不像他，完全是个吃醋的大男孩，就连大丸也觉得好笑。

“她和上杉休悟已经分手啦，他们只是大学同学而已，现在他们分道扬镳啦。上杉休悟是个花花公子，更何况他会回到上杉家。这个你可清楚?”

“那又怎么样? 她分手啦，就来找我们寻回秋田的感觉?”

“口是心非。”

赍被大丸看穿了心思，自然不服气，一个恶狗扑食跳到大丸背上，两个好兄弟打闹开来。自从他们干掉麻绳折户之后，两人心里都有了不为人触碰的隐秘。赍为人更加谨慎，而大丸为人则更加凶狠，只有两人在一起时，才能敞开心扉，毫无顾忌地玩笑和打闹。但这样的时间也越来越少。

“我真希望能回到读中学的时候。”

“现在青伊就在你身边，你不会想让四年前的分别再重演吧? 别让人生再留遗憾啦!”

虽说来东京三年多了，到迪斯尼乐园玩还是头一次。赍习惯了穿白衬衫黑西裤，傻乎乎的，跟个保镖似的；而大丸则穿着花衬衫和花短裤，一副流氓样；青伊穿着有暗花的布裙子，把长发高高扎起，戴着一副大墨镜，煞是可爱。这三个人走在一起，堪称迪斯尼的又一道风景线，不知情的还以为是迪斯尼做的新主题呢。

“喂，你是来杀人吗?”大丸乘青伊不注意，马上开始损赍。

“杀人要穿夜行服，白痴。”赍没好气地瞪了大丸一眼。

青伊兴高采烈，像个小孩子似的，左手牵着贲，右手牵着大丸，冲进了迪斯尼游乐园。

“我们和米奇拍照吧!”

“我们去玩过山车吧!”

“我要吃冰激凌!”

“我要星际宝贝的公仔!”

“我是巴斯光年，哈哈哈……”

青伊像个疯丫头似的，拉着贲和大丸吃完这个玩那个，比那些小孩子还要兴奋。走进商店她就大买特买，而贲和大丸只好大包小包提着跟在后面。

“妈的。我说浅井，你是巴斯光年，我都快成人猿泰山啦!”

“哼，你个笨大丸，不许埋怨，不许说脏话，被小孩子听到怎么办？把小朋友教坏怎么办？我叫警长来抓你哦!”

“你完了，浅井，你的智商现在只相当于三岁小孩。”

三个人玩了一天都累坏了。贲驾着车，青伊在副驾驶座上睡着了，大丸在后座抱着米奇公仔睡得四仰八叉。贲觉得无比轻松和愉快。其实高中时贲就像个大哥哥一样照顾青伊和大丸，无论什么情况，他都在背后默默支持和保护他们。他喜欢做大哥哥的感觉，这份温存让他暂时忘记了现实的残忍与荒凉。

贲看到这两个大孩子都累了，准备先送青伊回家。

“去喝一杯吧?”青伊醒了，她双眼含笑，眼睛里盛满温柔。

那真是个超级愉快的周末。三人找了个小酒吧，边喝边聊，回忆高中时候的趣事，一直到青伊喝醉。

“你为什么不要求交往呢?”青伊红着脸看着贲。

“青伊，你醉了。”贲故意岔开话题，可是青伊抱着贲怎么也不放。

接下来的几个月里，三人经常相聚，吃饭、唱歌或者泡吧。

青伊刚刚毕业，也没急着找工作，所以找贲和大丸玩是常事，而大丸最近迷上打小钢珠，也不愿意天天当个大灯泡在东京乱逛，所以慢慢就变成了青伊和贲两个人的约会。

青伊在东京待的时间很长，而且女孩子都爱逛街，所以带着贲到处看到处玩；而贲虽然讨厌逛街，但是陪在青伊的身边，走到哪里他都愿意。而且将自己融入人海中，他也有一种莫名的安心感。

青伊爱东京这个城市，她兴奋地带着贲去感受这个城市的无穷魅力。青伊带贲去品尝炼瓦亭西餐馆全日最正宗的日式炸猪排；去品尝伊势源料理店的鮟鱇鱼火锅；去原宿五轮桥观看青少年的Cosplay表演；带贲去歌舞伎座剧院观看传统的歌舞伎表演；去里原宿感受青年男女朝圣之地的潮流文化气息；去浅草观音寺感受浓浓的庙会文化。

夜晚他们在东京铁塔的观景台上静静依偎，欣赏色彩斑斓的东京夜景，然后去名为“Café PAULISTA”的咖啡店喝味道纯正的巴西咖啡。

“约翰·列侬与小野洋子在我们坐的座位上喝过一杯同样的巴西咖啡。”青伊笑着对贲说。

“约翰什么侬是谁啊?”

“是‘披头士’的歌手，唱摇滚的。呵呵。”

“呵呵，有空去听听。”

“现在不就有空吗?走，我们去买唱片。”

“不用这么着急嘛。”

“贲，跟我在一起开心吗?”

“开心。”

“放在你那里的糖果还在保质期内吗?”

“在，永远都不会过期的。”

青伊将头埋进赍的怀里，鼻息温暖着赍的胸膛。这一刻的赍真是安心又幸福。

这么久以来，大家都闭口不提休悟和上杉家的事。赍和青伊虽说不算正式交往，但却非常亲密，两人有胜过情侣的默契，也会自然地牵手和亲吻。他们像热恋的人般无所不谈，而对那些敏感的事情却巧妙避过，维持着融洽的气氛。

“对了，你们怎么会决定来东京呢？不会就是为了找我吧？”有一次喝酒时，青伊问起了赍和大丸来东京的原因。赍想起那段仇恨痛苦不堪，随即陷入沉默。

“找你？谁想找你呀，我们是来开辟新天地嘛！”大丸见状赶忙解围。

“青伊，这么久以来你回过秋田吗？”赍转过头淡淡地问青伊，他的眼神恢复了平时的淡定。

“没有。因为搬来东京以后，秋田也就没有亲戚了，但我一直很想回去看看。你知道，那里有我很怀念的时光。”

“我们三个都离开秋田四年多了，我觉得我们可以回去玩玩。你们觉得呢？”赍看看青伊，再看看大丸。

“好啊！”青伊高兴地笑起来。大丸知道赍心里的想法，他只是点点头，而开心得不得了的青伊并没有察觉大丸脸色的异样。

“大丸，我们已经准备了这么久，是时候了。”等青伊走后，赍和大丸继续喝酒。

“我知道，但是为什么要带上青伊呢？我们去办事，又不是去玩……”

“她是我们的不在场证明。”

“赍，这样好吗？”

“这会是一次快乐的旅行，相信我。青伊也会快乐，她什么都不会知道。”

“我相信你，我从来没有不相信你。”

两人相视一笑，将酒一饮而尽。

赉、大丸和青伊在冬季来临时坐上了去秋田的列车。

他们下榻度假村酒店后，吃热腾腾的鱼头豆腐锅和新鲜的蚌类，喝刚刚温热的烧酒。

“哇，这感觉好秋田！”青伊大叫着，回到家乡让她兴奋得不得了。三个人喝酒猜拳，玩得不亦乐乎，刚好房间里还有卡拉OK，三个人唱唱跳跳，还不停地喝酒。赉这次却没有劝青伊少喝，很快青伊便醉了，赉把她抱起来，送回房间。

“赉。”当赉为青伊脱了外套和鞋子准备离开时，青伊拉住了他。

“赉，亲一下。”

赉低头亲吻青伊的额头，然后他们开始长久地接吻。

“这是属于我们的秋田，对吧？”青伊用水汪汪的大眼睛看着赉。

“是啊，这是属于我们的秋田。”

“今晚你会陪在我身边吗？”

“当然。”赉温柔地笑笑，轻轻拨弄着青伊的发丝。

“还记得那家糖果店吗？那家有可爱软糖的糖果店。你说你在那里第一次看见我，我有印象的。当时我穿着粉色樱花花纹的和服，踏着木屐，拿着小扇。那个时候，我们还那么小……”青伊呢喃着，她闭着眼睛，笑容一直挂在她的脸上。赉轻声地应答着，没多久，青伊就睡着了，她呼吸平缓，进入了甜美梦乡。

赉为她盖好被子，把暖气调到合适的温度，关掉床灯，退出了房间。

他走楼梯来到车库，大丸已经在那里等他了。

“没问题吧?”

“出发吧。”

大雪在夜里飞舞着，秋田郊外的精神病院一片死寂。看门的老头裹着大衣在值班室里打着瞌睡，收音机发出“嚓嚓”的响声。赍掏出手机再次看了看信息里面记录的房号，然后深吸一口气，轻手轻脚地走进了大楼。

他很顺利地找到了那间病房，就是这里了。房号上写着病人的名字：川岛正雄。

那个男人蜷缩在轮椅上，几根头发稀稀拉拉地搭在他光秃秃的头顶。室内暖气似乎出了问题，空气像结了冰似的让人难以呼吸。而那男人却光着脚，裹着破旧的棉衣，两眼无神地看着走进来的赍。他没有任何反应，连眼珠也没有转动一下，只是呆呆地盯着赍走来的方向。

赍走过去，他的眼神像冰一般寒冷。他握住那个男人的手，死死地握着，小时候他也曾这样握过。他叫他川岛叔叔，为了那些甜甜的糖果，他高兴地一个劲儿地叫着川岛叔叔，从来没有别的男人给他买过零食或者玩具。赍看着眼前这个即将死去的老人，他面容憔悴，虽然五十岁不到，看起来却像一节烧焦的木头。

“我是荒川赍。今天来结果你的性命，因为你害死了我的母亲。”在赍毫无感情地说出这些话时，那个老头的眼睛眨巴了一下。他表情痛苦，他的灵魂可能正因为某些记忆的片段而遭受煎熬，可他的身体已无法做出回应。他似乎知道他的痛苦就要结束，他的灵魂终于可以得到解脱了。

一个精神病人被注射过量药物在寒冷的冬天死去，没有什么好稀奇的。他的心灵应该为这一刻充满感激。

相对于精神病院的荒凉，高利贷公司老板大野米雄在情妇的公寓里过得很滋润。桌上还放着没吃完的鱼子酱和秋刀鱼，情妇养的肥猫正蠢蠢欲动。

“亲爱的，今晚留下吧。”

“不行，我还得回趟公司呢。我的部下在那里等我开会，还有些欠钱不还的混蛋还没教训呢，我得想想法子。”

“你真狠心，你就知道钱。”

“宝贝，来不及了，快给我穿上外套。”

“大野，你就像头熊！”

“宝贝，那是因为我穿了两件防弹衣，哈哈！”

大野走出情妇的公寓，雪下得越来越大了。他叫司机和保镖把车停在了巷道外面的马路旁，他可不希望自己的手下给那个守在家里的凶婆娘通风报信。

“该死的鬼天气！”他嘟哝了一句，积雪差点儿让他笨重的身体滑倒。

“大野，荒川美优子之子荒川赉让我来拜访你！”从黑暗中蹿出的大丸迅雷不及掩耳地下手了，大野甚至嘴巴还没张开就一命呜呼了。

“妈的，两层防弹衣？老子又不用枪。”大丸扔下刀，消失在大雪中。

早晨九点，赉、大丸和青伊坐在酒店的餐厅里共进早餐。赉喝着浓汤，觉得十分满足。

“赉，你昨晚到哪里去了？”青伊突然问道。大丸差点没拿稳手里的面包。

“我一直都在啊。只是睡不着，中间和大丸又去喝了一杯。”赉直视青伊的眼睛，然后他和蔼地一笑，表现得沉着而淡定。

“我只是担心你，赉。”

“乖，我看你睡得挺好的，不忍心叫醒你，以后我不会再不声不响地走开了。”

电视新闻里正播放高利贷组织头目大野米雄遇刺身亡的新闻，青伊的眼睛里闪现出焦虑和怀疑。

“青伊。”

“嗯?”

“我们今天就回东京吧，公司那边不让我和大丸离开太久。”

“嗯。”

青伊总觉得这起新闻和赉有莫大的关系，但她选择不怀疑，她不想让这些事情破坏她回到家乡的美好心情。

回到东京，一切如常了。

赉看着镜子里的自己。他的胡楂长长了，他的刘海遮住了眼睛，他将头发理向脑后，露出英俊而成熟的面庞。他的眼神里带着阴险和凶狠，不，那是淡定，他说服自己；他微笑，那笑容却充满了邪气，似乎是将灵魂出卖给了魔鬼的信徒，不，那是替天行道，他再次说服自己。

他在夜幕降临时出现在声色犬马的场合。他身着名牌，神采奕奕，和各路名流亲切地打招呼。有人得意地向身边的人介绍，语气里还充满着敬畏：看，那个帅哥就是涩谷的荒川。

【第三卷】

下了一夜的雪终于停了，上杉休虎起得异常早。他拉开窗帘，天空不改连续一周的阴郁。他在房间里板着脸来回踱步，并看了一眼桌上的账本，那是上杉家上个季度各地区收支的账目。自从主公上杉端国病情加重以后，永井决五郎奉命辅佐休虎，帮他熟悉家族账务的处理。

昨晚他向永井大发牢骚，第二军团的辖区收益已经超出了他所控制的第一军团辖区的百分之四十，而直江家在涩谷的生意还在不断扩张。

“涩谷的生意应该收回来。直江家忘了他们的本分了吗？直江广赖胆大妄为，难道贵信那家伙也老糊涂了吗？”休虎不顾礼节，在永井这个长辈面前大吼大叫，“永井君，你应该明白，我父亲——你知道他的身体状况——如果一旦出现意外，直江家会不会反叛谁也不敢保证。现在已经不是武士时代啦，没有绝对的忠诚，只有利益！”

永井一直阴沉着脸，听到这里说道：“虎少爷，有件事情必须告诉你。主公曾与贵信有口头协议，同意在他退位之后，直江家可以另立门户，但一定不能威胁到上杉家族，而要作为上杉家的盟友存在。这你需要知道。”

“可笑！什么鬼协定？他可以另立门户，但不能立在涩谷，立在新宿！东京是我上杉家的地盘，他在这里另立门户就是反叛，是忤逆！”

“话虽这么说，但我也了解直江广赖的觉悟。现在我们实在没有理由采取行动，而且在这个时候，内讧就等于自取灭亡。”

“内讧吗？不……想干掉广赖的人还少吗？”

……

休虎想着昨晚和永井的对话，他甚至也感到自己对广赖心生杀机的可怕。可是他深知，他和广赖之间必须死一个。他又坐回到沙发上，拿过账本胡乱翻着。昨天他根本没看过这账目，只是听了永井的口头汇报。

他翻到涩谷区的账目，仔细看起来。忽然，他眼前一亮，心生一计，然后他忽然感到一阵轻松。

他拨通永井的电话：“我，休虎。我想你是知道的，广赖吃了家族的钱。”

“虎少爷，你还不明白吗？动直江家等于自取灭亡，主公还……”

“他犯的罪就是切下所有的手指也抵消不了。这件事情必须尽快解决，否则到时候局势难以控制……你过来用早餐吧。”

休虎到父亲的房间外看了看，他还没有起床。保姆告诉休虎，上午十点私人医生会来为他父亲做检查。

九点时永井到了。他和休虎两人在餐厅坐下，佐着鱼干和咸菜吃了点儿饭团，休虎还喝了两杯热好的清酒。

“永井，说说吧。广赖吃了多少？别向我隐瞒什么！你知道，这已经是非常时期了。”

“好吧，总共大概有三十万美金，这都是来自涩谷区的收益，他隐瞒了账目。”

“看来直江家的实力已经超出了我们的控制，财力和人力都迅速扩充。那几个年轻战将——荒川贲和饭盛丸，再加上毛利和高梨——一旦叛变，上杉家将陷入万劫不复的境地。”

“虎少爷，杀戮不是唯一的办法。”

“但总得有人死吧，优柔寡断最后只会招致灾祸。总之，我心意已决！”

“唉……事已至此，那就商量个可行的计划吧。削弱直江家的实力，把第二军团牢牢控制在上杉家的手中，这也是紧迫的事情。主公亦有此意，如果能有十足把握的话。”永井叹了口气，他知道在这种时候自己的意见已经微不足道，端国主公在这个时候必然是为其子休虎的接任努力扫清障碍，哪怕是破坏几十年的友谊也在所不惜。当人拥有的财富沾染了罪恶，他们的自私本性也就暴露无遗，所有伦理道德的约束和生死相随的忠贞情谊都显得苍白无力。作为家老的永井，眼看好时光转瞬即逝，改朝换代带来的伤痛已开始发作，除了叹息与自嘲，他无能为力。

而上杉休虎在心里得意地笑了，他成功说服了家族中最具影响力的人物站到了他的一边。

“好吧。黑账和扩张企图摆在眼前，父亲必然会默许的。做掉广赖，第二军团就会自乱阵脚，可事情得做得巧妙。想来想去，由武田家做最为合适，我们只需要制造个机会就行。”

“嗯，首先是严格保密，要是被武田家知道是内讧就糟糕了，也绝对不能让外界猜测这一点。然后是拉拢第二军团的战将——宇佐美进入参谋组，让他处理家族的合法生意，要让他感到他就是我的接班人，他要效忠的是你，是上杉家，而不是直江家……”永井停了下来，舔舔嘴唇。他话一说多就口干，他觉得自己老了。

休虎给他倒了一杯浓茶，催促道：“接着说啊。”

永井咕噜喝了一大口，继续说道：“嗯，然后是荒川贲、饭盛丸和高梨雨，将他们收编入家族战将的名册，给予家臣待遇，享受家臣薪金。他们都年轻，是家族的可用之才。最棘手的莫过于毛利了，你们几个从小就是好朋友，他更把广赖当亲哥哥看，但控制好毛利是最重要的。”

“不，我了解苍之介，他虽能干，但内心却很脆弱。到时候我会叫丰海把他接过来。”

“好吧……”

“嗯，那就这样吧。这件事永井你亲自办吧。”

永井把茶喝完，站起身来，系上西服的纽扣。

“你们曾经兄弟相称……”永井拉开门，却停下来说了这句话。他心痛得想要流下泪来。

“去吧，永井。”

武田马龙死后，其子武田强人接任武田家家主位置。

武田强人是个极度自恋残暴的人。在他的卧房装有一块巨大的落地镜，他常常赤身裸体地站在镜子前欣赏自己的刺青，彩色的刺青遍布全身，在灯光下分外诡异。他常常陶醉到亲吻自己的刺青，也常常让一男一女同时侍寝，他炫耀着自己的刺青，侍寝的男女必须以亲吻他的刺青为荣耀，并表现出艳羡和满足。据说曾有一个女孩露出了厌恶的表情被强人发现，强人令人挖去了她的双眼，丢给她一百万日元了事。

因此，武田家家老中有很多人不服他，认为武田强人太过残暴，又年轻气盛。大家不但生意不好做，还整天提心吊胆，害怕惹恼这个脾气火暴的家主。但武田家赫赫有名的老参谋山本昌泰是看着强人长大的，他知道强人虽生性乖张，但绝对是可造之才，故力挺其登上家主宝座，并果断地派出暗杀队，对其父旧部家老不服者下手，杀一儆百，树立起强人的威信。

武田强人自己本身并不是个没脑子的人。正所谓不在其位不谋其政，担任军团主将时的他独断专行，也显得吊儿郎当；如今他身处家主之位，自知位高权重，必然危机四伏，因此严肃认真起来，看上去完全是另一个武田强人了。

他给予属下充分的信任与支持，并具有精明的商业头脑和政治手腕。刚刚继任武田家主公的他迅速让自己的得力干将取代了他父亲的旧部，控制领地；并亲自坐镇千代田区和中央区，依靠商业诈骗和勒索大肆敛财；同时命其得力干将内藤俊夫控制港区，垄断了整个东京的地下军火生意，以弥补失去涩谷一区带来的损失。

他的参谋山本昌泰更是个老谋深算的人物。他帮助强人在最短的时间内以最小的损失控制了领地；在家族会议中让反对派闭上了嘴，在家老中树立起武田强人的绝对威信；巧妙地在两代主公更替的脆弱期避过了其他家族联合打击的危险，有力地控制着整个东京的局势。

虽然表面看来迅速上位的上杉家控制了池袋、新宿和涩谷三个副中心，并获得东京北部和西部各大黑帮势力的支持，形成了与武田家势均力敌的态势，但随着上杉家主公更替的到来，两大弱点就暴露出来。一是军火失控，一旦武田家将地下军火交易全面封锁，上杉家的武力就会大打折扣；第二点，那就是上杉家内讧，准主公上杉休虎和第一家臣直江家的矛盾。

日趋尖锐的矛盾自然没有逃过老奸巨猾的山本昌泰的眼睛。“让他们窝里斗吧。”他对武田强人这样讲。在他看来，上杉休虎很快就会动手干掉广赖了，到那时涩谷唾手可得。内讧本身就是式微的表现，到时再向各黑帮威逼利诱，将上杉家挤出东京只是时间的问题了。山本昌泰一向认为休虎虽然厉害，但毕竟是个没有胸襟的匹夫。而他的父亲却只想着为他儿子的上位扫除来自家族内部的障碍，毫不顾忌武田家的威胁。

可惜昌泰千算万算，没有算到休虎是匹夫，但永井不是；昌泰虽聪明，可手下干将脑子不够用的，又何止一个两个。

直江广赖在港区被武田家的战将土屋冈茂所杀，让昌泰傻了眼。

那个星期天的天气格外好，一大早广赖就牵着他的爱犬小虎到院子里跑步了。这个时候他接到了休虎打来的电话。

“喂，广赖。今天天气不错呀。”

“嗯，是啊。怎么想起给我打电话了？主公身体好些了吗？”

“啊，好些了。今天天气好，保姆还带他到院子里去晒了晒太阳。”

“是呀，真是难得的好天气，我正带着小虎在院子里散步呢。”

“是吗？我叫丰海带的肉罐头小虎吃了吗？”

“它非常喜欢，一顿就是一个罐头。不过它长胖了，需要锻炼……我说，不会是跟我讲这些吧？”

“哦。我们多久没一起玩玩了？两三个月了吧。我说，今天出来喝一杯吧？”

“好啊。就到涩谷来吧，你过来玩玩。”

“我说广赖，港区那边那家泰国菜馆，很久没去了，很怀念那儿的咖喱蟹皇。今天开车去吧。”

“港区安全吗？那是武田家的地盘啊。”

“没问题的，我们开车去吃饭，吃了就回来。我房间都订好了。”

“好吧。要叫上苍之介吗？”

“呵呵，那小子昨天晚上在新宿喝多了，在家躺着呢。真是遗憾，他最爱吃那里的柠檬石斑鱼了。”

“好吧，那到时候见。”

广赖俯下身，他摸摸小虎的头，牵着它回了屋。

“还有肉罐头吗?”他问用人。

“少爷，是虎少爷送来的肉罐头吗？还有一个。”

“哦。最后一个了吗？给小虎吃吧。”

广赖上楼去换衣服。他想起了上次和休虎、苍之介还有丰海一起去吃的那家泰国菜馆。那是在一年多以前了吧，苍之介喝醉了，四个人在包房里唱起了流行歌曲，苍之介还踩坏了餐桌。

“那个笨蛋。”广赖不由得笑了。如今外面的闲言闲语都说他与休虎不和，想壮大自己的家族，广赖不置可否。他只是拿了属于他自己的那一份，他知道自己绝对不会背叛上杉家的，想都没想过。他一直认为直江家的强大就是上杉家的强大，他的强大就是休虎的强大。

广赖向宝马公司下了张跑车订单，那是他准备送给休虎的礼物。

广赖把手枪插进枪套里，套上一件夹克，开车前往港区的餐厅。

那家餐厅在埠头公园边，因为去得早，广赖去公园逛了逛。他还买了个冰激凌坐在公园的长椅上吃，觉得好像回到了童年。他给休虎打了个电话，看他到没有，结果占线。他想休虎可能是在联系丰海吧。吃完冰激凌他就转道去了餐厅。

当广赖走进餐厅时，才发现餐厅似乎重新装修过，现在还没有客人。一个侍应生走了过来。

“先生，是用餐吗?”

“啊，对。这里新装修过啊?”

“是啊，因为换老板了。”

“哦，老板都换啦？那大厨呢?”

“大厨没换，保证味道还是一样的。”

“哦。我有朋友预订了房间。”

“您朋友贵姓?”

“上杉，或者是鬼小岛。”

“哦……不好意思，没有这两位先生的预订。”

广赖忽然觉得不对劲，他急忙转身向外走。

“直江广赖。”一个肥胖的男子挡在了他面前，数个黑衣人鱼贯而入，“我就是这里的新老板土屋冈茂，欢迎光临!”

“妈的。”广赖话音未落，一群人拔枪便射。广赖躲闪不及，身中数弹，倒在血泊中。他来不及后悔，来不及诅咒，来不及悲伤……

“广赖死了。”

休虎接到永井的电话时，正面无表情地躺在床上，并未感到一丝的轻松或喜悦，这跟他所设想的自己的反应大相径庭。他一直在想广赖濒死的刹那，眼中是否充满了怨恨，脑海里出现了怎样的画面。可休虎现在能想到的只有灰色的天空，还有四个手拿波板糖的小孩。那些欢笑，那些默契，那些友谊，都成了泛黄的过去，舔着糖果嬉戏追逐的玩伴却成了拼个你死我活的敌人。广赖死在了对休虎最后的信任上，休虎再也不是以前的那个大哥，他注定将一次次被噩梦惊醒。在他的世界，占有利益的代价是血腥杀戮，血腥杀戮的代价是挥之不去的梦魇。

休虎躺了很久，然后起身洗脸，换好衣服下楼。阳光洒在院子里，上杉端国坐在一把躺椅上，旁边的小桌上放着淡茶和水果。休虎看着沐浴在金色阳光下的父亲：他的皱纹重叠着，他显得那样苍老。

“父亲。”休虎走过去，跪在端国的身边。他紧紧握住他父亲的手，那布满皱纹的枯瘦的手冰凉冰凉。

“直江广赖死了，是武田家的土屋冈茂干的。”

端国睁开了眼睛，他那黯淡的眼睛无神地望向天际。他什么也没说，只觉得疲惫不堪。

下午的时候，上杉家府邸人来人往。这个平静愉快的周末笼罩在悲哀之中，阳光似乎没有一丝温度。首先赶来的是永井決五郎，接着鬼小岛丰海也带着第一军团的人进驻上杉家，并将庄园周围严密封锁。到处是身着黑衣、持枪巡逻的保镖，上杉家俨然成了戒备森严的城堡。没多久，涩谷的生意全部暂停营业。宇佐美戊辰带领荒川赍和饭盛丸进入港区，收回了直江广赖的尸首；而毛利苍之介和高梨雨带领第二军团赶往直江家，保护直江贵信及其家人。

下午三时，上杉休虎代表上杉家族“照会”东京各黑帮：如若武田家不交出凶手，上杉家将不惜一切代价全面开战。

下午四时，第二军团主将直江贵信在宇佐美戊辰、荒川赍和饭盛丸的陪同下赶往上杉家府邸；毛利和高梨奉命留守直江府邸，第二军团全部撤回直江家待命。

端国服下药物，在这个时候，他必须强打精神。他首先单独召见了直江贵信。

直江贵信再也没有了昔日杀手的锐利。他只是一个发胖的老人，一个刚刚失去儿子的父亲。他坐在端国身边，散乱着头发，眼睛里透出无限悲凉，又像是一种濒临崩溃的绝望。他怎么会猜不到是休虎想除掉自己的儿子？他怎么就想不到儿子的能干会为自己招来杀身之祸？他一生追随上杉家，鞠躬尽瘁，却想不到自己的儿子死在上杉家族的阴谋之下。他怎么就想不到啊？可命运就是如此。

这个孤独的老人，再也没有什么野心和欲望可言，他最后的精神支柱也坍塌为一片废墟。他握着他敬爱的主公上杉端国的手，他的手颤抖着，强抑心中的悲愤，却不禁老泪纵横。

“主公……我老了……第二军团是交出来的时候了。我想带直江家回到静冈去……”

“广赖也是我的儿子，是休虎的兄弟！此仇必报。”

“主公，我一生追随你，可是我现在老了。请让我回去吧。”

“我知道你的悲伤和顾虑，可是在这个时候上杉家不能没有你。希望你能继续担任第二军团主将一段时间，为了我。”

“是，主公。”

曾经赫赫有名的上杉家战将直江贵信，如今不过是一个风烛残年的老人，甚至只是一具行尸走肉。他担任主将，等于没有主将。

贵信摇晃着身子走出端国的房间，在门口碰见上杉休虎。

“伯伯，节哀吧，我会替广赖报仇的。”休虎双眼通红，神情悲戚。他不知道自己到底是在表演，还是发自内心的悲伤。

贵信眼神复杂，欲言又止，身体瑟瑟发抖。他哽咽着说：“休虎，广赖还来不及给你这个惊喜。”贵信把一张纸拍在休虎的胸口，然后扶着楼梯步履蹒跚地向下走去。他的眼睛里充满了浑浊的泪水。

休虎面无表情，展开那张纸一看，是一张宝马跑车的订单。他似乎明白了什么，把那张纸折叠后塞进口袋里。他想深吸一口气，平静自己纷乱的心绪，却忍不住流下了泪水。

接着，端国在永井的陪同下接见了宇佐美戊辰。

“戊辰，这是非常时期，我希望你能隐忍。”

宇佐美坐在沙发上，房间里有一种诡异的氛围。他心知是休虎的阴谋，可他什么也不能说。

“你将作为永井的副手，开始接管家族全部的合法生意。你要有所担当，因为你获得了上杉家最真挚的信任，从现在开始你就是家族的第二参谋了，你有绝对的发言权。吾端国，坚信与你的友谊。”

宇佐美走过去，亲吻了端国的手。他觉得恶心，但他却要表现出感激，休虎心狠手辣，广赖的死就是最好的例子。他知道自己被架空了，他将脱离第二军团的事务，并从此失去对第二军团的控制，但他别无选择。在端国看来，宇佐美是第二军团里最厉害的人物，架空了他，又没有了广赖，第二军团就毫无威胁了。

在简单用过晚餐之后，端国换上了干净整洁的和服，打起最后的精神，接见荒川贲和饭盛丸。

贲和大丸还沉浸在失去广赖的悲愤之中回不过神，却被莫名其妙地要求换上和服。

“你们将进入上杉家，成为上杉家的战将。你们将获得金钱、权力和荣耀，你们需要付出的，只有完全的忠诚。”上杉休虎认真地看着这两个年轻人，“我的父亲将成为你们的父亲，上杉姓氏的人将成为你们的亲人。你们愿意盟誓吗?”

“愿意。”贲面无表情，他一心只想为广赖报仇。

“我也愿意!”大丸心花怒放。

在日式古典装潢的房间里，上杉端国跪坐在榻榻米上，贲和大丸跪坐在他的对面。他们的面前放着四杯清酒，上杉端国将其中两杯各饮一口，贲和大丸也端起酒杯各饮了一口，然后端国将贲和大丸的那两杯酒一饮而尽，贲和大丸也将端国喝过的那两杯分别饮尽。这就是进入家族最简短的仪式。

“荒川贲，饭盛丸，欢迎你们成为上杉家的一员。”

土屋冈茂袭击广赖成功后扬扬得意，马上跑到内藤俊夫那里去邀功。他心想，他为武田家除了一大害，主公不知有多高兴呢，此等大功，不知道能得到怎样的上位和嘉奖。

他屁颠屁颠地跑到内藤那里的时候，内藤正板着脸坐在皮沙发上。土屋连鞠躬也忘记了，一进去就一个劲儿地傻笑。

“老大，这次我可算是为武田家出了一口恶气了。”

“为什么不打电话问我？”

“啊？那样就贻误战机了。”

“你是怕贻误了邀功的机会吧？”

“老大，我也是为了你……”

内藤俊夫猛地站起来盯着土屋，冰冷的眼神看得土屋全身直发麻。内藤突然揪住土屋，把他的头撞向墙壁，完全搞不清状况的土屋霎时被撞得头破血流。

“你知不知道广赖在这个时候死在我们的地盘会对我们造成不利？你知不知道上杉家马上就要沉不住气而弄死广赖了？你知不知道这会让我们卷入不必要的战争？本已出现分裂的上杉家因为你这个猪头的愚蠢行为变得空前团结了，而我们却不得不停下大部分生意，转入防御战争上来。你这头蠢猪！”

“我不知道……我只是想立功……”土屋是个没脑子的匹夫，他当然不知道这些复杂的斗争，他的脑子里只有直来直去的杀戮。

“你死定了，说不定我也会被连累进去，但愿不要因此发生大战才好……”内藤的心中笼罩着一丝恐惧，他虽是出类拔萃的战将，但他并不喜欢战争。平平静静做过生意的人，都厌恶提心吊胆的战争时期。

土屋听说自己要完蛋了，一下子腿就软了，跪在地上不起来，肥胖的身子一个劲儿地颤抖。他不知道自己到底做错了什么，只知道他必定大祸临头。

“老大，内藤君，我为武田家效命快十年啦，我追随你也有八年之久了，请务必救属下一命。”这个不可一世的流氓吓得屁滚尿流。他以前从未看到内藤担心过什么，内藤的动摇和恐惧等于大难临头了。

“土屋，你先滚回去吧，别出门。我只能求主公暂时不把你交出去。”

“太感谢您了，老大！感谢您！”

“不是为了你的狗命，是为了武田家的面子，你这个猪头。滚！”

土屋爬出了内藤的办公室。得意扬扬地走进去，失魂落魄地爬出来，门外的保镖看着土屋都惊奇不已。

而在银座的一所男性私人会所里，愤怒的武田强人一脚踢飞了面前的桌子。“愚蠢！”他破口大骂，身边的女人都吓得魂飞魄散，几个身着黑衣的人低着头站着，任由强人把酒水泼了他们一头一脸。

“主公，息怒吧。”除了他的老参谋山本昌泰，没人敢在这个时候说话。

“你闭嘴！”强人咆哮着，手指向昌泰。大家都震惊了，因为强人平时从来不对昌泰发火。连强人自己也被惊到了，他又喝了几杯清酒，努力使自己平静下来。

“抱歉。你知道，我没有那意思。”强人把一杯酒递给昌泰，他脾气暴躁，但对山本昌泰却尊敬有加。

“我知道，我了解主公的心情。因为土屋的愚蠢让我们蒙受了损失，并错失了渔翁之利。目前的局面也确实有些困难，但主公这个时候千万要沉着。上杉家向东京各帮派组织发‘照会’，我们必须尽快回应，商量出对策才是当务之急。”

“嗯，大家坐吧。”强人坐下后昌泰也跟着坐下，站在旁边的内藤俊夫及其他战将也坐下了。

“目前首先是做出回应。”昌泰看看大家，再看向强人，强人示意他继续说。

“按目前的形势来看，广赖之死绝对是休虎的阴谋。他们必须在上杉端国辞世前解决掉内部矛盾，但又不能在这个节骨眼上让我们武田家发现他们的内讧，所以借刀杀人是最理想的。在下疏忽，虽然想到这一层，却未及时通报各方，难辞其咎。”

“好啦，昌泰。各位犯下的错以后再处理吧，说说对策吧。你有什么想法?”

“回应取决于对土屋冈茂的处理。把他交出去，把这次事件定为不幸的意外事件，这样便可平息两家矛盾，获得喘息的时机，生意大部分也可以继续。这样做是最稳妥的。如果我们不交出土屋，就很冒险了，战争很有可能爆发。”

“这样一来，我们武田家颜面何存?”江东区管理人——家将穴山信吉叫道。他是武田家极受尊敬的家老，也是出了名的牛脾气，受不下半点儿窝囊气，大家都说他有古代武将遗风。他此言一出，众人附和。

武田强人也说道：“穴山君此言甚是。我们武田家是东京第一家族，怎能怕了上杉家?”

山本昌泰马上见风转舵，分析道：“嗯，这样的话我们得想到两点。第一，上杉家权位即将更迭。休虎年轻，为了保证自己的地位，避战才是他的心意才对。只是他必须宣战，这也是为了不被上杉各方势力怀疑他为排除异己而制造阴谋。宣而不战，这是上杉家最有可能的选择。第二，从实力上来说，广赖一死，宇佐美必然会被休虎调离架空。第二军团只剩下几个成不了气候的小孩，实力就大为削弱了。上杉家会把兵力集中回本部和第一军团控制的池袋和新宿地区。这样一来，涩谷大空，我们就有可乘之机了。”

“那山本先生的意见是——战?”

“对，我们将做出强力回应。不战自然最好；若战，我们就先将有名无实的上杉家第二军团全歼，控制涩谷，然后封锁北部地下军火交易，全力打击新宿和池袋，将上杉家赶出东京!”

“好极了！”穴山激动得大拍桌子，众人也都跃跃欲试。

“那土屋怎么处理？”

强人的心情总算好了些，他知道只要有昌泰在，问题总会解决。他漫不经心地喝起酒来。

“稍后再做处理吧。这样的失误也不是切下小指就能算了的，得让众人引以为戒。”昌泰喝了口茶便站起身来。

“昌泰，现在事情讨论完了，大家都没吃东西呢，你也吃些东西再走吧。”

“没时间了，必须做出部署，尽快做出回应才是。请主公今晚就在这里吧，安全最重要。”

“哦，那辛苦啦！”强人目送着昌泰走出去，心里总算安稳下来。接下来就是想想怎么寻欢作乐，来度过这个被困在这里的无聊夜晚了。

同一时间，上杉休虎把自己关在卧室里。他捂着脸坐在角落里，泪眼婆娑，没有人看到，没有人知道，他独自承受着内心的痛苦。他越不敢去想过去的日子，过去的点点滴滴越不断冲击他的脑海。愧疚折磨着他，他把头塞进枕头下面，失声痛哭，一直哭到喘不过气来，他不知道自己是不是后悔了。他怎么能在这个时候后悔？一个顶天立地的男子汉，一个将要走向权力中心的人，必须冷酷，必须残忍，必须忘记童年糖果的味道和足球场上扬起的尘土。站在权力顶端的人必须摒弃正义和良知、友谊和记忆，不择手段才是掌握权力的王道。

同时他又觉得自己很可悲，他在父亲身上看到了自己以后生活的影子。有一天，当他老了，他也会变成那个样子，失去所有的朋友、兄弟，甚至亲人；坐在劳斯莱斯里，穿着黑色的礼服，拄着手杖，眼神冷酷，然而干枯的手甚至承受不起一颗大钻石戒指的重量；

拥有一切，却又一无所有，就是那样悲哀。他必将被后人唾弃为谋杀兄弟的人。他看到了广赖的脸，一脸的鲜血，眼珠子被子弹打飞了，只有一个大窟窿；他在对着自己笑，还拿出一个巨大的波板糖舔了起来。

休虎觉得无法呼吸了，再多一秒他就会休克而死。他挣扎着站了起来，大口喘气；他目光涣散，惊慌失措地冲向阳台，一声凄厉的尖啸划过夜空，令人不寒而栗。

第二天，武田家做出了回应。武田家族对地下世界宣称，他们对上杉家第二军团副将直江广赖意外被枪杀于港区某餐厅这一事件，表示震惊和遗憾，但不做任何应答和解释，并指责上杉家的污蔑是有意制造摩擦。如果上杉家要把矛头指向武田家，武田家将不惜一切代价捍卫家族荣誉和家族利益。

当日，武田家命令地下枪支交易所暂停所有交易，全面封锁地下枪支走私渠道；暂停南部和东部各区大部分生意；家族全面武装，进入战备状态；江东区管理人穴山信吉调驻千代田区，协助防务；港区管理人内藤俊夫进驻涩谷，随时准备对涩谷进行有效打击。

上杉家也是忙得焦头烂额。参谋永井两天没睡个整觉；毛利苍之介被接回上杉家住，并撤出上杉家在涩谷的资金；任命荒川贲为涩谷区临时负责人；留高梨雨和饭盛丸协助处理保留的千金夜总会和一家洗浴中心的生意；第二军团兵力撤回，加入新宿和池袋的防务。涩谷几乎被拱手相让了。

贲虽然被任命为涩谷区负责人，可他一点儿也高兴不起来，他知道涩谷的生意几乎撤出了百分之七十。直江贵信撤走了第二军团的人，涩谷根本就没有能力防守。如果不想出办法，来自内藤的骚扰和破坏不但会让夜总会和洗浴中心关门，就连贲本人都会置身于被暗杀的危险之中。

几天以来，他都如坐针毡，想为广赖报仇，又毫无办法。虽然饭盛丸和高梨雨勇猛无比，但三个人带着几十个保安是没法和内藤的兵团作战的，何况还有来自警方和社会的压力。涩谷的生意已经愈发萎缩，贲被上杉家置于绝境了。

不止涩谷，整个东京地下世界都笼罩在战争的阴影下。大家都提心吊胆，可果然不出武田家参谋山本昌泰所料，上杉休虎宣而不战，他完全放弃了最前线的涩谷，只防守新宿和池袋老窝，甚至没有列出任何的暗杀名单和破坏命令。北部生意还在继续，银座还是夜夜笙歌，见不到一个上杉家的人。

而武田家也放出话，上杉家开战他们才开战。如今半个月过去了，上杉家像没事似的毫无动作，北部生意照做不误——仗可以不打，但饭不能不吃。武田家放松了警戒和对涩谷两家上杉家业的骚扰，开始做起自己的生意。武田家买下了涩谷的一家娱乐城，并开设了一家小钢珠店和两处赌博登记站。似乎这件事成了一场闹剧，不了了之，而且做错事的倒像是上杉家，他们拿出了涩谷的地盘给武田家做赔偿。这样滑稽的事情，让外界都觉得好笑，上杉家的家将们则是心寒。

就在半个多月相安无事后，上杉端国突然病情恶化，在一个早晨脑溢血发作，永远地闭上了眼睛。一代黑帮枭雄就这样无声无息地离开了人世。

翌日，上杉休虎继承上杉家族主公。这下看这场笑话的人，都明白了休虎在等什么。

在上杉端国的葬礼上，东京和来自静冈各县的家族及黑帮势力代表都来致哀。武田家也派山本昌泰为代表，前来吊唁。虽然两家是对手，但对于这样一位才能出众的伟大家族领袖，大家都表现出了应有的敬意。而言和也是恰当的时机了。

上杉端国一生尊重友谊，言出必行，他的强悍更是获得了整个地下世界的敬仰。昌泰向大家表示，虽然近来在东京地区与上杉家产生了激烈摩擦，但从个人感情上来讲，上杉端国是值得敬重的对手，是一位伟大的家族领导者。他让地下世界日趋强大，生意更加多样。他的个人魅力使其在政界及商界产生了广泛的影响，让默默无闻的东京黑帮重新得到了应有的地位，让各家族和团体在这个社会有利可图。

在二十世纪八十年代末至九十年代初，上杉家利用其在政商两界的关系，用购买股份等手段将家族干将安插进某些大的财团，依靠收集高管丑闻，然后对其威胁恐吓等手段，勒索了大量金钱。这样的商业诈骗成为一种敛财的高效手段，十年间为上杉家带来了千万美元以上的收益。这样的诈骗手段被各地下势力广泛运用，并不断发扬光大，虽说蒙上了“骗子黑帮”的恶名，但收入相当丰厚，所以他们自然对其创始者上杉端国佩服有加。

另一方面，这促使各大财团加大了自我监察的力度，再加上来自警方的压力，诈骗愈发难以得逞。舆论监督也不断提升，狗仔队拿到的资料竟然比黑帮收集到的还多。有些干将为了偷懒，就花钱购买狗仔队手中的材料，甚至直接雇佣狗仔队。这样做虽然看似很省力，但常常会不小心暴露身份。

经过十几年的发展，大的黑帮家族纷纷建立起自己的公司，将生意合法化。而财团、警方和黑帮也慢慢形成了一种相互利用的共存关系，建立起一套日本所独有的奇特的社会秩序。

很长时间没有在家族事务中露面的宇佐美戊辰终于出现在众人面前，他现在的身份是某大财团的法律和财务高级顾问。上杉家在这家公司占有小份额的股份，休虎让宇佐美调查这家公司的财务情况，因为近来谣传这家公司有高管洗钱，上杉休虎觉得这是一个赚钱的机会。

宇佐美避开众人，走到院子中的樱花树下吸烟。

“宇佐美君。”

荒川也脱开身，走到宇佐美的身边。宇佐美看上去瘦了些，他不像其他家族成员那样穿着黑色西服，头上抹着亮晶晶的发胶，把头发整齐地梳向脑后，而是让长发随意地垂下来。

“荒川君现在是涩谷区的负责人了，怎么样？干得还好吧？”

“涩谷的生意很艰难，第二军团曾经在涩谷的威风已经荡然无存。广赖之仇不报，你叫弟兄们如何安心办事？……为何虎少爷，不，为何休虎主公还不有所行动？”

“哦，你别激动。这里不是说这个的地方，晚上到我家来吧，万事小心。”

宇佐美说完便走了，这个时候大丸急急忙忙跑过来，说道：“赉，土屋藏身的位置已经查到了。”

“很好。”

“宇佐美会支持我们吗？”

“他和直江贵信是出生入死的弟兄，和直江广赖更是亲密的叔侄，他比我们更想干掉武田家那帮狗日的。”

宇佐美的房子在杉并区，离涩谷并不远。他买下的是一栋老房子，具有日本老式的装修风格。摆设中有许多佛雕和陶器，每件都价值不菲，尽显低调的奢华。

荒川、饭盛、毛利和高梨四人陆续到达。宇佐美煮了酒，又摆了些天妇罗在桌上。

“宇佐美君，我们四人已经商议过，拟订了一份暗杀名单，其中包括土屋冈茂和他的几名杀手，还有武田家家将内藤俊夫。”

宇佐美穿着和服，兀自喝着酒，并没应答。

“土屋藏身的位置已经找到了！我们也制定了较为详细的方案。因为休虎主公迟迟不动手，让我们都很失望，这样下去上杉家将威信全无，将来不止涩谷将拱手让人，更无颜面号称能与武田家对立的豪族。”

“宇佐美君，广赖是我一生挚友，此仇不报，我苍之介情何以堪？”

毛利终于开口了。他和直江广赖从小就是好朋友，后来又追随广赖为上杉家开疆扩土，共同建立起第二军团的赫赫战功。如今广赖惨死人手，休虎的宣而不战令毛利大失所望。在上杉家府邸，毛利也多次向休虎提及报仇之事，休虎巧言推脱，而且把暂缓报仇上升到家族利益的高度。如今休虎成功上位，更是趋向与武田家和解。毛利彻底心寒，他觉得无风不起浪，外界关于休虎阴谋的传闻就算是假，但也总有原因。毛利只能撇开休虎，决定不惜一切代价，和荒川贲等人一起为广赖报仇雪恨。

“宇佐美君，如今你是上杉家的参谋，只听你的意见了！”贲用恳切的眼神盯着宇佐美。以如今的情形来看，休虎定无所为，大家都在等待宇佐美的答案。

“有句话本不该讲，但是我想你们心里也明白，主公他并不想和武田家大动干戈，土屋和内藤一死，必定又是一场波澜。”

“外面盛传广赖之死本来就是上杉家的阴谋。”心直口快的大丸说出这句话，虽然大家心里早就有所猜忌，但还是一惊。一时间众人陷入沉默。

“如果你们要干，就要干得干净利落，趁武田家那边还搞不清状况赶快下手。主公那边，我会尽力帮你们圆场的。但有一点你们应该明白：你我都是效力于上杉家，忠诚和信任可以让你们避免灾祸。特别是你，饭盛丸，别再说那种话了，那会让你丧命的。”

“哦，在下鲁莽。”大丸不好意思地挠挠头。大家看着他滑稽的样子，都笑了。

“赍，你过来。”临走时，宇佐美起身叫住了赍，让赍跟着他到了书房。他从一个抽屉里取出一只精美的烫金黑木盒。打开木盒，里面躺着一把漂亮的短剑。剑锋寒光四射，剑柄是鎏金孔雀纹饰，有夜叉纹饰的剑鞘躺在一旁，精巧至极。

“这把剑叫孔雀王，是端国主公送给广赖的十五岁生日礼物。贵信他老来丧子，心灰意冷，厌倦了刀光剑影。这把宝剑是他不愿看到的儿子的遗物。这件事到底是不是上杉家不义，留待将来评说……但这把注入了广赖君全部觉悟的宝剑，我想送给你，希望你能继承这种意志，成为了不起的战将。”

赍看着那把宝剑，心潮澎湃。

土屋冈茂在埠头的旧屋里已经快要憋疯了。几个大男人躲在臭气熏天的房子里，不能赌，不能嫖，整天只能吃便当、看报纸，简直叫人无法忍受。

“喂，给我找个妞来，我要憋疯了。”

“老大，内藤哥招呼过，不行的。”

“妈的，这样比死还难受。干吗要怕上杉家的那些家伙？我把他们全部干掉，一了百了！”

“哎哟，老大，别说狠话啦，你都自身难保啦。”

“你找死是不是？”

小弟们都不想理他，打牌的打牌，睡觉的睡觉。

“我要去拉屎！”

其中一个轮班的小弟无奈地站起来。厕所在楼下，必须要有个人盯梢，那小弟裹上衣服，把枪插在屁股上跟着土屋走到楼下。

厕所又窄小又肮脏，臭气熏天。土屋肥胖的身子刚刚能挤得进去，转个身都困难。好不容易坐下，发现竟然没带纸。

“喂，去给我拿卷纸！”

外面没人答应。

“妈的，听见没有？”

隔了两三秒，还是没人应。土屋觉得不对劲，而且听到楼上忽然响起了枪声。他心知不妙，正准备提起裤子走人，厕所的破门被一脚踹开。他根本来不及反应就被人拖了出去，光着屁股摔了个狗啃屎，随即嘴便被人用布条堵上，然后只听见刀子插进肥肉里的声音。几秒钟的时间土屋肥胖的身躯上多出了二十几个窟窿，污血流了一地；守在外面的小弟被人用刀插爆喉咙，倒毙在他身边；楼上的手下全部被枪杀。

同一时间，内藤俊夫正开车赶去武馆练拳。练拳结束之后他还要去学校接自己的女儿，平时都是由妻子去接的，不过今天是女儿的生日，他特地买了礼物，要亲自送到他女儿手里。

因为最近事态日趋平静，内藤也放松了警惕，并没有安排自己的保镖同行。他带着轻松的心情，拿了包直接去了武馆更衣室。进门后他才发觉不对劲，刚刚在外面碰见的人平时一个也没见过，而更衣室更空无一人。他心叫“不好”，准备撤离。

“内藤君，刚来就急着要走啊？”荒川贲身着白色道衣，出现在内藤面前，他的武士刺青若隐若现。

“是上杉家的荒川吧？有话直说吧。”内藤故作镇定，轻蔑地看了一眼荒川贲。

“也没什么。听说内藤是东京地下世界了不起的武将，想跟你切磋一下技艺。”

“呵呵，后生可畏。在下今日无心一战，他日定当奉陪。”

“这可能由不得你。”

随即内藤身后出现了几个持枪蒙面的黑衣人。

“打赢我，你就可以走。”

“哼，今天既然在这里了，你还能让我走吗?”

“我荒川贲是个言出必行的人。你败了，自然是一死；你能胜我，你就走。”

内藤没有再等贲说下去，闪电般冲向贲，两人顿时打在一起。内藤的功夫的确不错，出拳之狠果然有武将之风。酣战之时，内藤瞄准了一个空当——门正开着，冲出去说不定还有一线生机——他乘贲闪避之际，转身想逃。贲一个箭步上去便将其击倒在地，锁住他的双手。

“内藤，武士心生恐惧之时，他就死定了!”贲抽出孔雀王准备结果内藤。

“且慢！我求你，我求你让我给我妻子打个电话吧。我女儿今天生日，没人接她。我求求你，就当可怜一个将死之人吧。”

贲犹豫了一秒，他手中的刀一抹——对敌人仁慈就是对自己残忍。贲掏出内藤的手机，翻到他妻子的电话，发了一条信息之后，把手机扔进了厕所里。

他坐上车后取下了手套，车在东京的公路上行驶。这正是孩子们放学的时间，他似乎看到一个小女孩背着大书包，穿着整洁的校服站在学校门口，眼睛里充满了期许。今天是她的生日，他的爸爸会开着豪华轿车来接她，并送她一个大大的泰迪熊。爸爸的胡楂轻轻蹭着她的小脸蛋，弄得她痒痒起来，她仰起脸亲吻爸爸的脸，她听到爸爸对她说“生日快乐”。但情形现在有了改变，小女孩左等右等也等不到她的爸爸，同学们都走光了，她孤单地坐在校门口的台阶上。天快黑了，妈妈才慌慌张张跑来，妈妈的眼睛里含满泪水，却故意挤出微笑。小女孩又气又累，撅着嘴不理她的妈妈，看也不看妈妈一眼，流下泪来。她又觉得她爸爸是这个世界上最大最大的骗子。忽然，妈妈抱住了她，她们都哭了。

最后，小女孩累了，睡着了，她在梦里又看见了用胡楂来蹭她小脸蛋的爸爸。她还想斗气，但却忍不住心里的高兴，笑了。她不知道，她永远也见不到她的爸爸了。

荒川赍以迅雷不及掩耳之势暗杀了武田家家将内藤俊夫和土屋冈茂，然后借势打击武田家在涩谷的生意；宇佐美多方活动，运用其所有关系保护上杉家，抵挡来自各方的压力；警方的态度很敷衍，这两起暗杀被定性为黑帮火拼，加之土屋本来就是一方恶霸，该区市民无不拍手称快。荒川赍乘胜追击，短短一个月内将武田家在涩谷的势力完全驱逐。

几个年轻人的强硬与果断让整个东京地下世界目瞪口呆。武田家万万没想到区区几个毛孩子，竟然打了他家一个措手不及。

这一仗的胜利也有许多侥幸因素。休虎的不知情本来就是一个超级烟幕弹，让武田家摸不清楚情况，加之上杉端国刚刚病逝，整个上杉家都陷在低谷，而荒川的年轻更是让武田家放松了警惕。这一场不按常理出牌的翻身仗不可谓不漂亮。

无论是武田强人还是上杉休虎，都惊讶无比。被荒川这么一搞，东京地下世界顿时天翻地覆，风云变色。

“这怎么回事？到底在搞些什么？”银座的私人会所里，武田强人盯着刚刚走进来的山本昌泰大声问道。

“难道是……是休虎的计谋?”昌泰也完全搞不懂。按理说刚刚接任上杉家的新主公——上杉休虎应该求稳，稳住自己的地位，打下自己坚实的基础才是，断然不应该在这个时候冒险搞突然袭击呀。这不是将好不容易平静下来的局面又引向危机吗?休虎再蠢也不会想不到这一层吧。

“直江广赖乃上杉休虎一起长大的挚友，报仇心切吧?也只能这样理解了。”昌泰嘴上虽然这么说，心里却在打鼓，但他一点儿也没往荒川自作主张这个方面想。在他眼里，荒川哪怕是干掉了赫赫有名的战将内藤俊夫，他也不过是个只会听从命令的小毛孩子而已，甚至在此之前，他只是在来自涩谷方面的报告里听到过这个特别的名字。

“那现在怎么办呢?”强人也不愿多想，因为根本就想不通。他总觉得是休虎脑子出了问题，恨不得立即把休虎给干掉——那个脑子不够用的东西，欺人太甚。

“主公，现在首要的是料理内藤的后事，平息家族内部各方的压力。至于其他的，只能再商议了。”昌泰说完便退下了。强人等昌泰走后独自走到阳台边，这时一个身穿学生装的女生从后面抱住了他的腰。

“你认不认识荒川贲?”

“啊?”那女生没听清楚强人在讲什么，她诚惶诚恐，生怕做错什么。

“我也不认识，真是个奇怪的小子。”强人兀自嘟哝着，揽着那女孩的腰，走进房里。

一头雾水的当然包括上杉休虎。那天下午宇佐美戊辰不请自来，刚好永井决五郎也在。

“这到底怎么回事？”上杉休虎心里五味杂陈，导致问话的语气也变了。为广赖报仇是他自己说的，如今手下有战将出了头，他当然不能表现出很愤慨，最多只能表现出对未经事先请示便自作主张的不满。

“主公，实在是在下疏忽了。这样的大事本应及时禀报主公，但战机稍纵即逝。荒川等人深知主公为广赖君报仇心切，所以来不及禀报就采取行动了，还望主公见谅。功过相抵，荒川等人便心满意足了。”

“哼。”休虎冷笑一声，他马上意识到自己失态了。现在谣言四起，都说是自己为顺利继承主公之位用阴谋算计了直江广赖，要是他不在这个时候力挺荒川等人，谣言便得到印证，自己将处于十分不利的位置，所以他只能尽力克制。

“荒川他们……我亦能体谅他们的心情。因为我对广赖，有比他们更深厚的感情，但是他们必须明白，服从命令才是他们的本分，以后不得擅自妄为。我信任他们，他们也必须对我忠诚。”

宇佐美见休虎还是给了台阶下，心里松了一口气。他赶快说：“主公说得极是。荒川他们太年轻，太过骄狂。我相信他们翌日便会登门谢罪的，还请主公原谅他们，并给予他们足够的信心，让他们更死心塌地为上杉家做事。”

“这我知道。宇佐美，财团那边的事情怎么样？”

“财团方面的高层的确有多起丑闻。我已完全取得了公司方面的信任并开始进行调查，资料证据正在收集中。估计，三百五十万美金上下的开价，他们是可以承受的，但这还需要时间。”

“嗯，很好。对了，武田家那边有消息吗？”

“哦，似乎还在商量对策。”

“永井，你的意见呢？”休虎看向永井决五郎。永井从开始到现在一直没有说过话，他给予了宇佐美充分的信任，似乎把参谋的重担慢慢卸向了宇佐美的肩膀。

“哦，这个……总之无论武田家有任何行动，我们都必须避免大规模开战。我的想法是：向武田强人提出‘照会’，召开和平会议，大家坐下来好好谈谈，我们可以做出适当让步。再有流血事件的话，没有控制武器的我们到时候将陷入被动，而且警方那边一旦控制不了，那就麻烦了。”

“嗯，看来这是最好的办法了。”

“找一个双方都能信任的家族做担保人吧，我们得拿出和平的诚意。”宇佐美提议，说完看向永井和休虎。休虎点点头，表示同意。

那是个阴霾不散的下午，赉和苍之介商量去墓区看看广赖。

赉、大丸、苍之介、雨还有青伊，他们开了两辆黑色奔驰轿车，去墓区为广赖扫墓。

“咦，这是谁在这里放的波板糖呀？”走到墓前，大家都看到广赖的墓旁放着一块波板糖。

“一定是哪个小孩子捣蛋吧。”大丸说。

“说不定有什么美好的回忆在里面呢。”青伊深深地看了一眼赉。

“总觉得有种熟悉的感觉，又说不出来到底是哪里熟悉。”听到青伊的话，苍之介把那波板糖拿起来看看，努力回想起来，唤醒的却只是记忆中模糊的感觉，没有实在的影像。

“把那个扔掉吧，不然会招来虫子的。”赉把波板糖拿过来，扔进了不远处的垃圾桶。

“唉，总觉得太突然了。记得就在不久前，我们还坐在一起玩二十点。”大丸不由得感慨起来，他是个重情重义的家伙，一看见墓碑上广赖年轻的面庞，就直想流眼泪。

贲和苍之介把威士忌洒在了广赖的墓前——广赖生前最爱百龄坛威士忌。

“广赖呀，我和贲他们为你报了仇了，你泉下有知，也该瞑目了。”苍之介一说完就忍不住哭了起来。几个月前还在一起喝酒玩耍的好兄弟，现在却阴阳相隔了。十多年的好兄弟啊，突然就没有了，走上这条路，真是说还就还。想到这些，让苍之介心酸不已。

“我们在这里陪广赖说会儿话吧。”

几个人就在墓边抽着烟聊天，山色青翠，让大家都觉得心情很放松。浮华之后必然是长久的宁静，但愿此地之亡灵能够安息。

“喂，把酒放在这里会不会太可惜？万一广赖没喝到，被疯老头偷去怎么办？”临走时，大丸傻头傻脑地说。

最后大家一人一口，把剩下的倒在了广赖的墓碑前。

“会不会引来蚂蚁啊？”青伊挽着贲的胳膊，很认真地问。

“我怎么知道？我又不是生物学家。只有糖果才能引来蚂蚁吧。”

“那我是糖果，你是蚂蚁咯，不然你怎么会在这么大的东京找到我。”

“不是找，是邂逅！”

“哼！”青伊不满意地撅起嘴巴。

“好啦，就是找啦。”

大家商量着待会儿吃完饭后回涩谷的千金夜总会。

“涩谷的荒川，多威风呀！”青伊牵着荒川的手，幸福洋溢。

“涩谷的毛利苍之介，听起来也不错呀！”

“哒哒哒，嘟嘟嘟，东京之神——饭盛丸！”

“恶心，我吐……”

……

放下工作，当晚大家都玩得很开心，直到两点多才各自散了。毛利苍之介驾着车回到家里，倒在床上怎么也睡不着。他忽然一个激灵爬起来，打开书房的灯，在放相册的柜子里翻腾，灰尘呛得他连打了几个喷嚏。他找出一本相册，里面是很早时候的照片了。他翻看着，终于在一张照片上停住了目光。他看着那张照片，嘴角挂着笑意，眼中含着泪水。他合上相册，将它塞进了柜子的最深处，这关于童年的回忆并没有什么特别的，只是在这个时候看来，令人感到无比心酸。

在东京的地下世界，也有一个类似赍和大丸在秋田学生时代进入的解决黑帮纠纷的机构。各黑帮家族如果陷入长期的战争或复杂的矛盾中时，双方可自愿提出，邀请这个机构调解纷争。这个机构被称为仲裁所。

据说从前仲裁所在整个关东地区具有相当大的权威，是由数个地下家族及军人后裔派代表组成的，以协调各帮派矛盾，化解纷争，或者惩戒危害地下世界秩序者。但到了现代，由于各种原因，仲裁所的权威被大大削弱，它更像一个神秘组织。它的管理模式并非黑帮的“金字塔形”管理模式，而是类似于圣贤协会或其他秘密团体的“同心圆”管理模式。所以别说外界，就连仲裁所自己的人也搞不清自己的职位到底处于一个什么样的位置，更不知道位于权力中心的最高仲裁者到底是谁。近年来，更有人猜测仲裁所现在根本就没有了最高仲裁者，只是遵照以前的秩序才得以存在。

即便仲裁所的影响力大不如前，但还是有一定作用的。因为即使在利益至上的今天，为了家族脸面，不必要的战争仍然难以避免。仲裁所就收受佣金，出面进行干预。运作程序是家族的参谋向仲裁所提出请求，并呈上和平处理的计划，仲裁所根据计划安排谈判。

家族安排一名人质到仲裁所，而仲裁所保证人质的安全，谈判结束后，仲裁所释放人质，家族按照解决情况付给仲裁所感谢费。如果其中一方违反地下秩序继续制造摩擦，仲裁所将号召地下世界全力支持另外一方。无论怎么说，仲裁所在避免争斗方面还是有影响的。

上杉家向仲裁所提交了谈判申请，上杉休悟作为人质被带到仲裁所。休悟整天无所事事，吵着要参与家族事务，作为哥哥和家主的休虎深知休悟生性懦弱懒惰，做重要的工作肯定是成事不足败事有余，但又不能任由他这样堕落下去。永井决五郎提出的建议是，既然休悟好女色，那就投其所好，让他到上杉家旗下的一家AV电影公司去挂个经理的职务，但必须经过考验，考验就是做这次谈判的人质。休悟虽然读了几年书，但是根本没学到东西，觉得能得到这份美差的确是相当不错，所以欣然答应。

“不会有什么危险吧?”上车前，休悟担心地看着永井。

“不会。仲裁所的人会保护你的。”

“你们千万别做了武田家的人呀！不然我就完了。”

“当然。你的性命在你哥哥的心里比什么都重要，你是他唯一的亲人了。”

“嗯。总之千万别乱来。”休悟啰啰唆唆上了车。永井无奈地摇头，心想这个休悟真是个成不了大器的东西，上杉家幸好还有休虎。他边想边走到谈判的地方——一家位于郊区的温泉酒店。

武田强人的近卫横田甫二一直在仲裁所等待着，看到休悟吊儿郎当地走进来，他礼貌地笑了笑，然后给武田强人打了电话。

“主公，上杉休悟到了仲裁所了。”

“好吧，你就在仲裁所等着。”

这边上杉家的劳斯莱斯已经在武田家的居所门口等候多时了，武田强人和参谋山本昌泰接到消息后上了车。劳斯莱斯驶出山道时，后面跟来了穴山信吉的人。上杉家的司机笑了笑，加快了车速，几个红绿灯之后，穴山信吉的人就被甩得无影无踪了。

“什么意思?”

强人脸色凝重。他一开始就信不过什么仲裁所，总觉得那是一伙装神弄鬼、骗吃骗喝的流氓，这下跟在身后的卫队被甩得不见了，他心中大为恼火。

“算了，这也是必要的。”昌泰不知随强人的父亲参加过多少次谈判，对仲裁所还是比较信任的。在这样混乱的局面下，要是上杉家再胡来，东京必然会炸了锅。更何况他已经安排好了，万一他和强人没有按时返回，武田家将对上杉家发起全面进攻。那时，地下世界会掀起一场真正的血雨腥风。

车驶入郊区的山路时，天色暗了下来。正当强人越发不安时，在山水间装潢华丽的一排日式房屋映入眼帘。

永井决五郎带着鬼小岛丰海在门口迎接：“请武田阁下和山本阁下用些茶点，稍事休息。”

永井将武田强人和山本昌泰带到里面。走进大门便是一个很大的花园，亭台楼阁，小桥流水，幽静雅致。穿过玄关，是一间别致典雅的休息室，身穿和服的侍女端上了热茶和点心。

“我家主公已经恭候多时，晚宴马上准备好。”永井叫丰海去请主公，然后自己陪着强人和昌泰。

“东京竟然有这么好的地方，看来上杉君果然是极懂享受之人。”

强人扫了四周一眼，冷笑着说。

“这等地方岂是武田阁下瞧得起的，银座才是最好的呢。听闻武田阁下宠妓无数，真是羡煞旁人啊。”永井是老江湖了，出言老辣，令强人无话可说。

不一会儿，永井便带着强人和昌泰穿过一条走廊，向另一间屋子走去。休虎身着黑色丝绸罩衫，站在门口等候。

几句寒暄之后，丰海退了出去，拉上了屋门，屋内只剩下上杉休虎、武田强人及各自的参谋。这虽不是休虎和强人的首次见面，但作为两家家主会面，双方都是第一次。两人年龄都是三十出头，强人稍长。

“晚宴之前，我们还是把所有的问题都解决了吧，这样吃饭也开心些。”强人咧嘴一笑，看向休虎，他一路上都很紧张，见了休虎之后反而放松下来。永井和山本两个都想着该怎么周旋到正题上，强人快人快语，倒省去了不少麻烦。

“武田君果然是豪爽之人，那我们就打开天窗说亮话吧。阁下知道，我刚刚失去了父亲和兄弟，应该了解我的心情。但是我厌恶战争，我不想因为我们两家的战争害得大家的生意都做不下去，你我都应该明白，生意才是最重要的。”休虎面带微笑，但语气却很坚决。

“好吧，你跟我谈生意，那我们就谈生意，生意就得讲个公平。对阁下父亲和兄弟的逝世我深表遗憾，但你把屎盆子往我们武田家头上扣，又来跟我讲不想开战，不太恰当吧？”强人说完后冷笑了一声。

“我想也许是有些误会吧。局面混乱，社会对黑帮已经很不满意了。这样对峙下去，对我们双方都没什么好处的。”休虎看了一眼永井，强压火气，把话尽量说得好听些。

“上杉君，你现在已经是上杉家的家主了，你得为你得到的东西埋单。你让我蒙受了巨大损失，我就是顾及局面才没发动战争，但你总得表个态吧。你让我怎么办？让我怎么在武田家、在东京地下世界立足？”

“好吧，好吧。武田君，那么我们就谈生意吧。”休虎闭上眼睛，他知道自己是有把柄抓在武田强人手中的，如果今天双方谈不拢，他很有可能陷入不利的境地。不过武田强人的语气实在嚣张。

“好吧。我最心爱的家臣内藤俊夫死了，他的家人需要安抚，还有土屋冈茂及四名手下。我死了五个人，你要不要埋单？你的人还乘机驱逐我在涩谷的势力。他妈的，这算什么？”武田强人得理不饶人地叫嚷起来。

“武田阁下，涩谷地区的生意向来是由直江家的人处理，这些我们并不是十分了解……”永井怕休虎也耐不住性子发火，所以赶紧插话。

“闭嘴！直江广赖死了，你骗谁呢？永井阁下！”

“好吧，武田君。我们是为和平坐在这里，我们就谈谈生意这个事吧。”休虎强压怒火，沉稳地说。他的确成熟不少，要是在以前，他早就抽出刀冲上去了。

“那就看看上杉君有多大的诚意吧。”武田强人看戏也演得差不多了，坐直了身子，并瞄了瞄休虎。他是来敲竹杠的，可不是来找死的，继续发飙，搞不好真把上杉休虎逼急了，那可就糟糕了。

“武田君请讲吧。”

“好吧，我武田强人对和平是有诚意的，但是我死去的弟兄等着我给他们一个交代。内藤俊夫八十万美金的安家费，剩下的五个就每人二十万吧，一共给一百八十万，没意见吧？”

“内藤俊夫的我们可以给，但土屋冈茂是杀我兄弟的人，这钱我不能给。”

“哼，还挺横的。你不能让我的人背黑锅，还得不到一分钱吧？”

“嗯……这样吧，一百万美金，算是对内藤俊夫表示遗憾和敬意，不能再多了。”上杉休虎对武田家的狮子大开口恨得牙痒痒，但又不好发作。

武田强人看一眼昌泰，昌泰点点头。于是他说：“好吧，那这件事就算了了，也算是恭贺你荣登主公宝座的礼物吧。我明白该怎么做，只要一百万一分不少送到，这件事情将永远打上封条。”

永井掏出支票本，戴上眼镜填写起来，然后递到了山本昌泰手中。

“很好，那接下来我们谈谈涩谷的问题吧。”

“武田君，现在我们在涩谷的生意也不多，再说家族间的地区竞争应该没什么好谈的吧？”

“话可不能这么说，你们上杉家的年轻人年轻气盛，很是了不得啊。如果按你说的竞争的话，我想又会发生流血事件吧。”

“那武田君的意思是？”

“我有诚意跟上杉君建立友谊，我们可以共同开发涩谷的生意嘛。你还是做你的娱乐生意，包括酒吧、娱乐城和洗浴中心，涩谷的娼妓业我们都不插足，都归你们上杉家，但是你们必须让出赌博和药丸生意。怎么样？”

“笑话。药丸让给武田家？那我们的酒吧和娱乐城还赚什么？”

“上杉家不都是靠商业诈骗赚大钱的嘛，毒品那点儿小钱，上杉君看不上的吧？”

“以后你的人跑到我的场子去卖药，你说我怎么处理？我想经营合法娱乐场所。”

“那意思是药丸生意不让出来咯？”

“武田君，整个关东的军火都在你的家族控制之下，赚的钱也不是我们靠药丸这些来的小钱能够比的。这样吧，涩谷区我们让出赌博，诸如房地产或者娱乐业，大家可以都搞。生意上的事就生意解决，再也不会有内藤这样的事发生，我上杉休虎保证。”

“嗯，好吧。既然上杉君都说到这个份上，我也无话可说了。那就这么定了吧。”强人起身和休虎握手。

“好了，吃些东西吧。”

武田强人和上杉休虎等人都紧张了一天，现在都觉得放松下来。

“武田君，这可是好东西，专门为你准备的。”永井说道。

侍女拉开滑门，只见隔间屋内的长方形红木餐桌上，躺着一位娇艳的裸体女子。女子美若天仙，肤如凝脂，触之冰凉。她的身上盛放着各色海产美味，身边放着各式精致菜肴。

酒宴之后，武田强人和山本昌泰安全回到居所；作为人质的上杉休悟也被释放；仲裁所收取了十万美金的感谢费。各人也总算可以睡个踏实觉了。

第二天，山本来到了内藤俊夫家。他拿出一张二十万美金的支票交给了内藤夫人，说这是公司对内藤君的补偿。这笔钱对内藤夫人和女儿来说已经算是巨款了，她们感恩戴德，声泪俱下，表示关于内藤俊夫的死她们将深埋心中，不对任何人说起，并打算在明年移居美国。山本还拿出了一万美金，作为个人对内藤家的同情与关心。上杉家付了一百万美金平息此事，内藤家只拿到了二十万，还有十万美金用于打点各方，强人一人便独吞了七十万。

上杉家和武田家达成协议后，上杉休悟如愿以偿地跑到上杉家旗下的电影公司当经理去了。东京地下世界也松了口气，总算避过了一场腥风血雨，各区的生意又照常做了起来。

荒川贲正式被任命为涩谷区的代理，负责经营涩谷区的生意。在此之前，贲、苍之介和大丸曾去休虎那里请罪。

“你们以为干得很干净，到头来还是我给你们擦屁股！”休虎赔上了一百万美金，心中自是恼火。

“没有接到我的命令，擅做主张，这样的罪过你们以为无所谓吗?”

“主公，为广赖报仇之事是我一个人的主意，是我硬拉上荒川和饭盛他们的。”毛利苍之介故意强调是为广赖报仇，休虎虽未对他们第二军团直接下达命令，但报复宣言是早已高调发表了的。把握时机、先斩后奏的做法，也是理所当然，何况外界的谣言大家都有耳闻，如果让他们知道了和武田家交易的事情，那就麻烦了，休虎便不好再发脾气。

“我能理解你们的用心，毕竟广赖也是我从小到大的兄弟，给武田家一点儿教训，也是应该的，你们对广赖的友谊也让我感到感动与欣慰。但现在你们叫我一声主公，我就希望能真正感受到你们对我的忠诚，对上杉家的忠诚才是。”

“主公，这样自作主张的事情绝不会再发生了。”

“好了，这次的事情我就不再追究了，如若再犯，切下小指再来见我吧。”

“是!”众人向休虎行礼。

“荒川，你很年轻能干。涩谷本来也是属于第二军团的辖地，现在就正式交给你来管理吧。那边的竞争会很激烈，你好好干，我也看好你。”

“是!”

“苍之介，直江伯伯身体一直不是很好，何况又遭受这么严重的打击。中野区是第二军团的辖地，那边虽然生意不多，但需要可靠的人管理，你去做代理吧。”

“好!”

休虎虽说是让毛利苍之介单独管理一个区，再加上荒川责的涩谷区，看上去第二军团的辖地并未减少，但实际上是休虎想把毛利和荒川他们分开。他已经隐隐意识到，荒川的能力再加上毛利的关系网，要是一旦起异心，实力甚至会超过直江时代的第二军团。

休虎装出一副宽宏大量、爱惜人才的模样，和荒川他们高高兴兴地共进晚餐。

“对了，荒川，我旗下的电影公司搬到了涩谷，现在我弟弟休悟是那里的经理，你们得留意一些，保证他的安全。”

席间，休虎对赍提到了休悟的事情。一听到休悟这个名字，赍总莫名感到有一种不安和厌恶。

“听休悟那小子说，你现在的女朋友跟他在大学时交往过?”

“哦……”赍一时语塞，被问到这样的问题，不知该如何回答。

“哈哈。哎，我只是随便问问。休悟那混蛋小子风流得很，真是拿他没办法。”休虎大笑起来，赍却心生不快，坐在那里浑身都不舒服。

“好啦，跟你开个玩笑，总之，那都是过去的事情了。”休虎看出赍的不自在，赶快打圆场。

赍也告诉自己，那是过去的事情，不应该再去想了。现在青伊像天使一般陪伴在他身边，对他的工作也没有任何质疑。和青伊在一起是赍朝思暮想的事情，如今美梦成真，过去就让它过去吧，还有什么好怄气的呢？这样一想，赍心里也觉得踏实许多。

如今，赍在涩谷租下了一套三百多平方米的豪华公寓，青伊经常住在他那里。一天紧张工作后有青伊为他打开家门，这是他觉得最幸福的事情。

吃过饭后，赍和大丸同车回涩谷，这时赍接到青伊的电话。

“老公，好想你。几点回家呀?”

赍听到青伊温柔的声音，开始傻笑起来。

“嗯，马上就回去了。”

“喂，什么马上就回去？不是说好去酒吧查班的吗?”大丸极其不满地大呼小叫起来。

“你专心开车啦，撞坏我的奥迪就给我买保时捷啊！”

“老公，你晚上有事啊？那你去忙吧。”

“没有，大丸去就好，我马上就回来了。”

“真的吗？不许骗我。”

“真的。”

“好，那我要给你一个惊喜！”

“呵呵，我也会给你一个惊喜的。”

在旁边的大丸已经被肉麻到口吐白沫了。

挂上电话，赍深情地看向大丸说：“大丸。”

“拜托，你别用这种语气，会出车祸的……你别这样看我，我脚僵掉了。”

“今天晚上你一个人去查班，OK?”

“有什么办法。”

“那先载我去糖果店。”

“恋爱使人盲目。”

“要不怎么叫你开车。”

大丸一路飞驰到了一家装饰得很梦幻的糖果店。女店员穿着制服很礼貌地和走进来的这两个家伙打招呼。

“欢迎光临，请随便挑选。”

“赍，我还是在外面等你好了。”天不怕地不怕的大丸竟然害羞起来，他虽是情场老手，但最受不了穿公主裙且发嗲的清纯女生。他觉得有一种置身芭比娃娃世界的恐慌感。

“喂，我也很紧张，一个大男人在这种糖果店……”

“赍，你怎么会找到这种地方?”

“上次和青伊来过一次。当时我没想进来，拉着她走掉了，她就很不满。”

“哦……”

“需要我推荐吗？”

“啊？”

两个嘀嘀咕咕的大男人被突然出现在眼前的女店员吓了一跳。当店员用水汪汪的大眼睛看向大丸时，大丸已经被电到痴呆，脸迅速变红，把唯一能动的手指指向贲。

“好看的糖果，女孩子喜欢的……”

“好的，先生！”

“先生，你是要送给女朋友吗？”

“嗯，对。”

女店员忙活开来，挑选了大概十种精美的糖果。

“先生，我想这些都很不错。你要哪些呢？”

“全部。”

“好的，先生。一共是一万两千块！”

贲一摸裤袋，才发现钱包放在车上的外衣里了。

“大丸，给钱。”

大丸红着脸走到女店员面前。

“先生，一万两千块，谢谢！”

“日元吗？”

“呵呵，先生真的好幽默呀，当然是日元啦！”

大丸使劲让自己镇定下来，掏出两万块钱说：“不用找了。”

“啊？这可不行。一定要找的！”

大丸接过找回来的钱，傻傻地点点头，然后抱着那一大包糖果走了出去，整个人精神恍惚。

“谢谢！”可爱的店员笑得一脸灿烂，声音嗲到不行。

“她再说话我会死掉。”大丸上车之后，整个人还在迷糊状态，完全失去了情场高手的本色。

他呆滞地把钱拿到鼻子前嗅了一下，痴迷地说：“好香啊!”

“变态!”贲实在看不下去了，把他丢到副驾驶，自己开车。

到贲的公寓楼下后，大丸总算恢复正常。

“喂，你还会开车吧?”

“还好。”

“那我上去了，你把你的CT-R换出来。”贲说完转身去开门。

“贲!”

“嗯?”

“我被电到了。”

贲重重关上门，迅速逃离，免得看到大丸失心疯发作。

贲在电梯里看着手里的糖果，想到大丸的样子就觉得好笑。他到门口后没有掏钥匙，而是掏出电话打给青伊。

“喂，老公。你到哪里了?”

“我到门口咯，开门吧。”

门被打开，屋内柔和的橘色灯光透出来。身着粉色樱花纹饰和服的青伊站在贲面前，美得令人忘记呼吸。

“夫君辛苦了!”青伊把拖鞋送到贲的脚边，调侃道。

贲丢掉手中的糖果，一把将青伊搂进怀里。他抱着青伊，呼吸着她身上独有的清新香味。

两个人紧紧抱在一起热吻，缠绵了很久。

“老公，有没有让你惊喜?”

贲激动得说不出话来。

“哇！这些糖果是送给我的啊?”

“嗯。”

“蛮有心的嘛，值得表扬!”

“去看电影好不好?”

“好，还要吃夜宵!”

“没问题。”

两人换好衣服，开车去了原宿。原宿人潮涌动，流光溢彩，繁华无比。两人牵着手走在熙熙攘攘的人群中，亲密地谈笑着。在旁人的眼中，他们是幸福的小情侣，也许无意间看到他们的路人，都会被他们的甜蜜打动，不禁微笑着送上衷心的祝福，并怀念起自己曾拥有过的学生时代的爱情。那爱情像没经过雕琢的玉，像飘向天空的五颜六色的气球，那是最美最甜的梦！该怎么猜想这对甜蜜的情侣呢？油画系的帅气男生和表演系的漂亮小学妹，一个在餐馆做侍应生，一个是精品店的店员，过着平淡却快乐的小日子。

谁会想到那个帅气的长发男生的胸膛上刺着狰狞凶狠的武士，他的口袋里装着大把的钞票，他的手上沾满罪恶的鲜血，而他还如此年轻，他的眼眸里还时常不经意地透出单纯。

第二天，大丸满面红光地邀请贲、青伊还有高梨雨他们去吃大餐。

“我告诉你，我去昨天那家糖果店买了两万块的糖果!”

“你有病啊?”

“我都送给那个店员了。”

“你想害别人得糖尿病啊?”高梨那家伙就是反应迟钝。

“莫非……看上人家了?”贲一脸坏笑。

“哎，都给你说我被电到了嘛。那女生叫松岛夕子，超级可爱的。”

“你不是最害怕说话嗲的女生吗?”

“不一样啦。”大丸害羞起来谁还吃得下大餐，直接吐都来不及。

“喂，你是流氓啊，别害人家！”

“怎么会？其实我是挺正直的一个人嘛。”

大家顿时都做崩溃状。

半个月之后，大丸在下班后神秘地拉住了赍。

“赍，是不是兄弟？”

“废话。你神经病啊？”

“我跟你说个事情……”

“你小宇宙爆发了？”

“喂，别贫了。夕子还没有过……”

“什么？”

“她还是处女。”

“那又怎么样？”

“其实她以前有男朋友，但是她拒绝了那个男生。然后……”

“重点！”

“她愿意给我，但是你知道，我虽然和不少女人上过床，但是从来没有和……”

“重点！”

“我发现我有处女恐惧症。”

“你知道我不会做对不起青伊的事情。”

“你神经病！我只是倾诉一下……”大丸这个乐天派难得一脸焦虑。

“你不是恐惧处女，你是恐惧良家妇女吧？你怕你负不起这个责任。你动了真感情，却觉得干我们这一行的，谁也担不起这样的感情，爱一个人似乎就是害一个人。你怕总有一天会像内藤那样，留你真心爱的人独自在这个世界上；甚至比内藤更惨，被敌人夺走你爱的人的生命。就是这个样子。”

“你很了解嘛。”

“这种感觉，当我和青伊在一起最快乐的时候就会出现。”

两人望着脚下繁忙的东京——他们常常站在天台上俯瞰这个既陌生又熟悉的城市——点燃烟，沉默着，都没再说一句话。

毛利被调到中野区，的确让荒川的身边缺了一个好帮手，许多事情不得不亲自出马。因为大丸和雨都是属于武将型的人才，保安方面的工作他们可以做得很好。但没了宇佐美和毛利，荒川在生意上的处理就显得捉襟见肘。

自从上杉和武田两家达成协议之后，涩谷变得更热闹了。武田强人怎么也不会放过涩谷这块好地方，他派出了自己能干的近卫横田甫二作为武田家的代理，进驻涩谷管理生意。武田家的地下赌博登记站和钱庄相继进驻，原先的洗浴中心也重新开业。横田甫二是内藤俊夫的徒弟，跟着内藤俊夫学了四年柔道，是数一数二的高手，又在武田强人和山本昌泰身边待了三年多，是难得的人才。强人把他派到涩谷，使荒川等人大为紧张。

武田强人跟斗气似的，向涩谷注入了大量资金，并准备在千金夜总会斜对面再开一家同等规模的综合酒吧，同时打算把银座几间酒吧的明星舞姬派到这边来，意在挤垮千金夜总会。

正当荒川焦急万分的时候，毛利兴致勃勃地给贲打来了电话。

“兄弟，听说你最近很焦虑?”

“嗯，是呀。武田的人动静太大，没了你我有点儿招架不住啊。”

“知道兄弟有难了，同是第二军团的弟兄，我怎么会不帮忙呢?今晚我过来吃饭，给你引见一个厉害人物。主公还是够意思的，钱虽然不给你，人才还是让你够用的嘛。”

“是主公的人，不是你的?”

“话不能这么说，都是在为上杉家效力嘛。总之今晚你得好好请一顿。”

晚上，在涩谷的一家私人餐厅，毛利苍之介带着一个穿着整洁的年轻男子走了进来。那男子戴着无框眼镜，头发打了发蜡，整齐地理向脑后，气定神闲地和荒川贲等人握手。

“贲，我给你介绍一下。这位是我的学长，上杉家爱知县的分区老板，桃井千左。”

“哇，这么英俊！那句话怎么说，英雄出少年！”饭盛丸又开始开玩笑了。

“我们大家都是年轻人嘛。想必这位就是饭盛君了吧？我听苍之介说起过你，果然是豪爽之人，请多指教。”

“啊，客气了，请多指教。”

两人打了招呼后，桃井看向站在一旁的贲。

“说到英雄出少年，当然非荒川君莫属了。请多指教，在下桃井千左!”

“幸会，请多指教。”

众人寒暄之后，开始边吃边聊。

“千左不仅是我的学长，也是我的好兄弟，在生意上他比我厉害得多。他来涩谷帮助你，我就放心啦。”

“做我的副手会不会太委屈桃井君了？这真的是主公的意思吗?”贲毕竟才刚刚进入上杉家，对于主公这样的决定有些无法理解。

“刚好中野和桃井分管的爱知有些生意要做，所以桃井就来这边了一趟，然后我就有了这个主意。桃井是主公信任的人，所以我一说，他便同意了。”

“但是我毕竟只是个新人，这样总觉得不妥。”

“哎，贲，你担心什么啊？涩谷是个复杂的地方，但也是上杉和武田两家的必争之地。你也在这里打拼有两三年了，虽说是上杉家的新丁，但你荒川贲的名号早就在涩谷喊响了，在涩谷你是镇得住的人。桃井主要是来帮你处理生意经营上的问题，给你出点子。但和武田家的对抗，我们都明白，可不是单单在生意上就能解决的。”

一直微笑不语的桃井也开口说道：“苍之介说得一点儿没错。爱知的那点儿生意谁都可以摆平，但东京就不一样了。家族在东京站不住脚，其他地区的生意都会受到牵连，作为三个副中心之一的涩谷，自然不能拱手相让。荒川君的魄力在下早有耳闻，大家都是为上杉家效命，又何必在乎谁是一个区的代理呢。”

“千左说得没错。总之，大家齐心协力，涩谷迟早是我们的天下。”

几个年轻人很容易就谈拢了，没多久就身心放松下来。大家吃过饭之后去千金夜总会玩，桃井也顺便到处看看，熟悉情况。

“我明天去拜访休悟，叫他让他公司的演员到这里赚点儿外快，顺便把生意再带动一下。”千左对贲说。

“好主意！我总觉得我跟休悟有些隔阂，这件事就拜托你了。”

“隔阂？”

“哎哟，就是他现在的女人跟休悟以前交往过！”大丸一喝酒就口无遮拦，贲狠狠地瞪了他一眼。

“呵呵，理解理解，这件事我会办好的。”

“那就拜托千左兄了。”

“客气。对了，这家酒吧没卖药丸吗？”

“有卖，不过量很小，只有摇头丸和K。‘冰’我们没有固定的进货，只有少数几间包房用。”

“哦，看样子荒川君不太喜欢毒品。”

“嗯，是的。”

“女人才是毒品，他已经吸食过度了，哈哈。”

看来大丸的确是喝多了点儿。

“我说，你脑子出问题了？你才是为公主裙女生中毒太深吧？”

“什么公主裙？”

一说到夕子，大丸就脸红了，两个人闹在一起。苍之介和千左等人乐得看好戏。

几个人喝酒喝到了晚上十一点多，荒川跟值班经理交代了几句，就和众人一起离开了。

“荒川君，从今以后我就是你的助手了，请多关照！”

“你还是叫我贲吧。有千左你的协助，我相信我们一定能称霸涩谷。”

“呵呵，承蒙信任！”

离开时，贲看到街对面武田家的酒吧已经快装修好了。他庆幸有桃井千左的到来，一解燃眉之急。千左到底有多大本事，就看两大家族在涩谷即将拉开帷幕的商战了。

桃井千左找到上杉休悟，当天就签下了五名艳星在千金夜总会表演的合同；同时签下了两名在东京很有名气的DJ和一个街舞团队；并且更新了酒吧的监控设备；把高梨雨从洗浴中心调回，负责酒吧的保安工作。接着，桃井千左亲自坐镇洗浴中心，任洗浴中心的经理。他将现在他们持有的资金全部注入，重新装修，改造包房环境；高薪从外县聘请技术高超的按摩师，并更换了一批按摩小姐，价格上的安排也更加合理；饭盛丸被调到洗浴中心任副经理，并负责保安工作。因为休悟的电影公司离洗浴中心较近，那边的保安工作也是由他来负责。

之后收益不断上升，不到三个月，投入的成本就全部捞回。

与此同时，赉在千左的协助下，拉拢了涩谷地下车会的人。他们一举控制了这家地下车会，把黑车走私纳入自己的保护范围之内，从中收取管理费。

赉由此捞了一大笔钱。他丝毫不吝惜钱财，很快就把涩谷周边的地下势力收入自己旗下，壮大了上杉家的势力，成为名副其实的“涩谷之王”。

而作为对手的横田甫二一开始根本没把荒川等人放在眼里，刚一上任就急于求成，想借着强大的资金后盾挤垮荒川军团。他首先恢复了娱乐城的生意。由于娱乐城一开始并不是武田家的家族产业，在最初的收购方面和董事会产生了摩擦。以前的老板记恨武田家出价太低，又忌惮武田家的黑道背景，只有暗中收集他们在娱乐城贩毒的证据，告到警察厅，给武田家惹了一身麻烦。横田无奈之下，只好做掉了那个老板，又花大量的钱平息了事态。

然后是三个赌博登记站。虽说上杉家让出了涩谷的赌博登记管理权，但实际上东京的赌博登记主要集中在中央地区和新宿地区。加之桃井千左在地下活动，一边告诉赌徒武田家的赌博登记处信誉极低，一边又派人通告警方，加大检查力度，致使武田家基本没从中获利。

多方受挫的横田甫二怒火中烧，更偏执地要和荒川等人对着干，在千金夜总会对面又建了一家大型酒吧，却因为和装修工程队发生冲突，迟迟不能按时竣工。

横田甫二在涩谷的经营大受打击，幸好武田家财力雄厚，才没有全线溃退。当荒川等人开香槟庆祝时，横田甫二正愁眉不展。

如今的荒川赉等人更是雄心万丈，力图扩张势力。

“想不想把东京的车会全部拿下？我看你对赛车的兴趣挺浓厚

的。”赍和千左碰了一杯，然后问道。

“哈哈，你还不如说拿下港区，走私车都归我们赚。”

“我是有这个想法，但我们可以先拿下车会。我们可以定期举办飙车会，收取参加的地下团队的管理费，然后设定高额奖金，吃掉盈余的钱。”

“感觉没多大赚头，不如拿下港区。”

“港区是说拿就拿的吗？弄不好就会挑起战争。”

“我开个玩笑嘛。你说控制东京的地下车会，里面还不是有武田家的势力在。”

“知道你喜欢飙车嘛，一直都是你在帮我，我也总得为你做点儿什么。对吧？”赍拍拍千左的肩膀。桃井千左是个十足的飙车迷，在爱知的时候就有自己的车会。东京更是飙车圣地，他虽然内敛，但在东京地下车会大出风头，甚至称王称霸的梦想，在他心里一直没有磨灭过。被赍这么一说，他更想拿下东京车会，毕竟涩谷地方太小。与武田家的商战连战连捷，又遇到荒川赍这样的好搭档，原本的顾虑一扫而空，他觉得是大显身手的时候了。

“我们的车会实力太弱，影响力又小，很难承担赛事。”桃井直言不讳。

“我们需要钱。”赍边喝酒边思考。由于他们的资金全部投入了酒吧、洗浴中心和新开的一家小钢珠店，手上的资金并不多。壮大车会或者收购其他车会，钱都是个问题。

“这样吧，我明天去找宇佐美谈谈，看看他能不能想想办法。”

第二天，荒川赍打电话给宇佐美说了这个情况。

“年轻人就是喜欢冒险。好，钱我可以借给你，不过必须再等两个月。”

宇佐美的回答让赍有些摸不着头脑，不过两个月后，赍收到了宇佐美一张五十万美金的支票。

宇佐美进入那家财团下属的一家公司后，迅速着手暗查高层丑闻。他发现这家大公司半数以上的高层都有洗钱的嫌疑，在外偷情的丑闻更是多如牛毛。宇佐美采取的战术是分类击破。首先收集高层洗钱或者包养情妇的资料，然后用电话威胁。但他没有采取一贯的在证据充足的情况下收网诈钱的手段，而是用金钱美色继续诱惑，让有问题的高层站到自己一边。大部分高层的把柄落在他的手中时，在公司的董事会上，他就发动那些人推选他为公司代表，进而控制董事会，然后再通过各种途径，调派自己的人进驻公司。这样，这家上市大公司不到半年就悄悄换了主人，成为上杉家的家族产业了。

宇佐美代表上杉家出任该财团一家下属公司的总裁。公司高管为保住自己的地位，纷纷贿赂，以前宇佐美花在打点上的钱成倍返回自己的口袋。他果然精明能干，三百万美金按时摆在了休虎的面前，而且不费一刀一枪便获得了下属公司的控制权。休虎当然高兴得合不拢嘴，宇佐美到底从中吃了多少，他也懒得再细究了。

宇佐美戊辰现在财大气粗，拿出五十万来支持荒川贲等人是很自然的。他一直很喜欢贲这个血气方刚又有头脑的年轻人，贲冒险为广赖报仇一事，更是让他感动。

此事完成后，宇佐美便前往静冈看望直江贵信。

直江贵信的确是老多了，他的头发已经全白了。他穿着粗布和服，像一个普通的老人一样，坐在院子里晒太阳，眯着眼听收音机里播放的怀旧爵士乐。他偶尔会翻翻以前的相册，看看儿子英武的样子，然后潸然泪下。

宇佐美看着眼前的这位老人，想着当年在地下世界叱咤风云的人物，如今却成了这副样子，不免心酸起来。

"直江大人。"宇佐美恭敬地向直江贵信行礼，他的眼泪几乎要夺眶而出。

"哦，是戊辰啊，坐吧。"

两人坐下后，侍女端来淡茶和一些糕点。

"东京那边还好吗？"

"还好，生意都不错。"

"哦，我决定不把广赖带回静冈了。东京是他壮志未酬的地方，就让他在那个城市的夜色中长眠吧。"

"每个季节我们都会去看他，荒川等人也是按时去扫墓的。"

"荒川那孩子现在怎么样呢，在涩谷？"

"他十分能干，干得很不错，广赖没有看错人。"

"是啊。荒川那孩子，性格像极了广赖。"

"直江大人，据我暗中调查，广赖的死……"

"哦，别提了。也不用调查什么，戊辰。那些我们都明白，这种道理我还能不明白吗？"

"对不起，是我冒昧了。提起这样沉重的事情……"

"除了看望我，应该有什么事才对吧。既然来了，就说说吧。"

"是的，是关于第二军团的问题。"

"嗯，你是说主将一职吧？是，广赖走了之后，我已经考虑这件事情很久了。你心里有人选了吧？说给我听听。"

"恕我直言，广赖遇害之后，直江家遭到排挤打压，第二军团岌岌可危。照此情形，休虎主公很难再启用直江家系的人了。但有一人，聪慧果敢，忠义双全，是为上选，那就是荒川赉。他手下更有饭盛丸、毛利苍之介、高梨雨和桃井千左等能人，实力很强。"

"是。但他资历太浅，而且年龄似乎也太小。"

"正是因为他进入上杉家的时间短暂，他并不属于家族中的哪一个派系。在家老中毫无影响的他，在休虎主公眼中，造成威胁的几率也就最小。而他却与我们有深厚的友谊。”

“是这样。而且有你宇佐美从旁提携的话，年轻和资历都不是问题。但经一事，长一智，休虎心里有自己的算盘。如你所说，荒川毕竟与直江家感情深厚，休虎不会看不出来。”

“直江大人是担心……休虎决心废除第二军团?”说出这个猜测，宇佐美自己也吃了一惊。

“戊辰啊，你是聪明人。休虎虽能干，但心胸狭窄，城府也极深，以前没有察觉到。我也是老糊涂了，总认为老主公不会不留情面，没想到……”

“人在江湖，不得不防啊，太过强势的广赖是上杉家的一块心病。”

“那你觉得休虎会任用谁来担任第二军团主将一职?”

“我想不是鬼小岛丰海，就是上杉休悟。”

“丰海?不会。他是上杉休虎的左膀右臂，没了他，第一军团会乱。任用休悟简直是笑话了，那小子懦弱无能得很。”

“总之，在下认为，休虎至少还会留着第二军团。他现在实力不稳，第一军团控制区域太广，干将却太少，他现在还缺不了荒川兵团。至少现在看来他没有动荒川赍的意思，不然也不会把桃井安排到他身边。”

“对。上杉休虎忌惮的是毛利苍之介，他始终还是小看了荒川赍。必须在他明白过来之前，让荒川赍成为第二军团的主将。”

“嗯。目前看来，只要你我意见一致，应该没有问题。”

宇佐美的想法得到了直江贵信的肯定，心里也松了口气。

“好了，留下吃晚饭吧。都是家常菜，有新鲜的秋刀鱼。”

“呵呵，那恭敬不如从命了。”

宇佐美很久没有和贵信一起吃饭了。坐在榻榻米上，他闻到的是烤秋刀鱼的香味和雨后泥土的芬芳。一只白猫从院子里的九重葛上跳下来。仿佛又回到了十多年前的一天，他记得晚饭后还带着广赖在院子里陪贵信下棋。那样的好时光，真令人怀念。光阴流转，如今却物是人非了。

当赉把那五十万的支票扔到桃井千左面前时，千左完全不顾及平日的绅士形象，扑到赉的身上来了个大大的熊抱。

“哈哈，我就是东京漂移族头号帅哥车手，桃井千左！”桃井大声叫道，然后一个劲儿地傻笑。

“神经病。漂白族吧？脑袋被漂白了。”

“赉，我有种预感，我们将控霸东京！哈哈……”

“喂，来人哪，把这个疯子给我拖出去！”

“要不，我们一人一辆保时捷，把这钱分掉，怎么样？”大丸故意气千左。

“想得美！有点儿出息好不好？”

桃井千左果然有出奇的经营管理能力，特别是在他热衷的事情上。这小子痴迷在车会工作中，每天的工作都在十四个小时以上，几乎到了废寝忘食的地步。在他的运作下，涩谷的车会实力不断增强，势力范围不断扩大。举办的第一场比赛，旗下的车手就赛出了好成绩，赚了个盆满钵满。有许多好的车手闻风来投，桃井千左也亲自上阵比赛，用赌车赚来的钱送了赉、大丸和苍之介一人一辆雅马哈摩托跑车。

桃井千左将车会改名为“涩谷幽灵”，并租下了新的场地，一副要让东京地下飙车会大统一的架势。凭借上杉家的影响力，车会的发展速度超出了所有人的想象，最初有所顾忌的荒川等人，现在也不得不佩服千左的厉害。

东京另一大车会“东京战舰”面临着前所未有的困境，场场比赛都败给新崛起的“涩谷幽灵”。会长服部重镇自己都输给了当时在地下赛车界还名不见经传的桃井千左，颜面丢尽不说，还血本无归，把积累的车会资金赔得一干二净。他对桃井千左简直恨之入骨，又忌惮他是上杉家的人。他虽不认识荒川等人，但知道在涩谷的上杉家将没有一个好惹的。资金周转不灵，眼看车会就难以支撑了，服部只好成天借酒浇愁。

这天，服部重镇又在银座的一间酒吧买醉，身旁坐过来一个一脸凶相的青年。

“服部重镇吗?”

“怎么?”

服部抬起头瞄了一眼那人，平头，刀疤脸，眼神阴冷，嘴角含笑。看到这样的面相，他知道来者不善，不禁酒醒三分。

“阁下哪位？我们好像不认识。”

“听说你飙车挺厉害?”

“妈的，什么意思？‘涩谷幽灵’派来奚落我的吗?”

一听到飙车，服部头都炸了。他也不管来人是谁，一把抓住了那人的衣领。

“手放开。”青年语气依然平淡，却充满了威慑力，服部不由自主地放开了手。

“我是来帮你的人，我们有共同的敌人。”

“你说桃井千左?”

“嗯。不止是桃井千左吧？整个‘涩谷幽灵’不都是你的眼中钉吗?”

“你也是玩车的?”

“有所涉猎。不过我对飙车没兴趣，我的兴趣在生意。”青年一笑，从口袋中掏出一张五万美金的支票。

“你先拿着。”

“这是什么意思？”

“生意！不明白吗？我出钱，你出力。目的很明确——搞垮涩谷那帮人。”

服部傻傻地看着支票说：“你知道，我只是喜欢赛车，你们的争斗我真的不怎么感冒。”

“有什么好犹豫的？我可以让你成为东京最大的地下车会的老大。”

“那……我要做什么？”

“你只需按照我的命令去做就可以了。成交吗？”

“好。还不知道阁下尊姓大名？”

“告诉你也无妨，我叫横田甫二。”青年说完，端起酒杯碰了一下服部的酒杯，然后一饮而尽，转身离开。

服部回去之后让自己的手下去查横田甫二这个人，虽然服部心里也料想到他可能是黑道人物，却万万没想到他会是武田家的家将。

“重镇大哥，这是上杉家和武田家的事情，要是我们卷进去，哪边都得罪不起的。”

“唉，我们已经卷进去了。”想到怀里的支票，服部叹息了一声。目前看来，只有一条道走到黑了。

几日来服部重镇都忐忑不安。终于在车场接到了横田甫二的电话，他避开众人，躲到角落里才接通。

“我是服部重镇。”

“服部，我要你再跟桃井千左赛一场，时间场地由他定。确定之后给我打电话，越快越好，办妥当。”

“万一他拒绝怎么办?”服部心里对这件事充满抵触，他预感到自己将会因此而卷入黑帮争斗，所以心生恐惧。

“他不会拒绝的，放心。”

横田挂断之后，服部握手机的手都出了汗。他只是喜欢飙车，从来没想过卷进黑道的争斗里面。他知道自己会拿到很多钱，但那毕竟是九死一生的买卖，弄不好就会死无葬身之地。但现在拒绝，不仅仅是拒绝了钱，更表示自己要和东京第一家族武田家作对，不但自己的车会会完蛋，性命不保也是随时可能发生的事情。

服部镇定下来之后，找到自己的手下，叫他们向“涩谷幽灵”下战书，自己要和桃井千左再赛一场。车会剩下的会员本来一个个都无精打采，想着离开，当他们听到主将决意再次出战，都兴高采烈，欢呼呐喊起来，只有负责查横田甫二身份的小会员显得忧心忡忡。

当接到“东京战舰”下的战书时，桃井正在给荒川等人汇报季度收支情况。

“那个叫服部的不会是脑子秀逗了吧?”大丸嘲讽地说。他觉得一个手下败将还来挑战，简直是自取其辱。

“服部说时间场地都由我们定，赌三万美金。”

“三万美金?千左，你跟我说那小子上次就赔了个精光，他哪里来的三万美金?”贲一向头脑冷静，上一次与“东京战舰”的比赛他也有所了解。

“或许是借的吧，兴许是服部那小子脑袋发热吧。”

“反正有人送钱，我们干吗不要呢?”一听到三万美金，大丸就来了兴致。

“我说大丸，那是一对一，赢了钱都归桃井的，你兴奋什么?”

高梨雨一针见血，说得大丸面红耳赤。

“还是拒绝吧，我总觉得其中有诈。”贲有点儿担心，他觉得千左最近势头太猛，发展太过顺利，而千左自己又有一点儿飘飘然。这样的状态很危险！越是看似轻而易举的事情，就越容易出现问题。

“服部那人我了解，技术还算不错，可是胆子太小，这也是他上次输给我的原因。面对这样一个对手，如果时间场地都由我们定的话，应该问题不大吧。”

“你说服部胆子小，那他怎么还敢在这么短的时间里再来挑战呢?”贲还是觉得有不妥之处，有所疑虑。

“放心吧，那小子只是输昏了头而已。既然他抱着钱来送给我们，干吗拒之门外呢?”千左觉得贲担心太多了。一向精明的千左碰到赛车就失去了冷静，连战连捷更让他变得嗜战。

“对嘛，赢了钱好请客!”大丸只想着怎么开心怎么玩，也跟着起哄。

“千左，这是你的比赛，你说了算吧。”贲看千左实在想赛这一场，虽然仍未打消顾虑，也不好再多说什么。

“那就把时间定在下周二晚上。”

“地点周一再告诉他们吧，还是得谨慎点儿。”

“没问题。”

“千左，开我的GT-R吧，撞坏了赔我一辆玛莎拉蒂!”

“白痴大丸，做你的白日梦去吧!”

桃井千左接受了战书。有了上次获胜的经验，千左对这件事情没怎么用心，他决定仍然用自己改装后配置一流的GT-R去应战。不是专业胜似专业的战车让千左信心十足，他把车最后的检修交给了自己的手下，毕竟还有涩谷的生意需要他来帮忙。

那天在办公室，赍、千左和大丸商量了比赛场地的问题，然后讨论了再开一家修车厂的计划。三人都觉得累了，一看时间都快晚上十一点了，决定回家。

“今天就到这里吧，赍老大早就心不在焉了。”千左伸了个懒腰，去拿外套。赍之前接了个青伊的电话，然后一直坐立不安的。

“怎么，青伊怀上啦?”大丸无时无刻不想着要宝。

“你们找死是不是?”

“看你魂不守舍的。”

“没有。刚才青伊打电话问我什么时候回家，可能是想我了。”

“别说了，太肉麻了，我要吐了!”桃井赶紧裹上外套，以防鸡皮疙瘩掉到地上。

“嗯，那我也得去接夕子下班了。”

“受不了你们两个，那我去看我的跑车。”

“拜拜，去跟你的跑车谈恋爱吧。”

三个人分开后，赍开车去蛋糕店买了青伊爱吃的拿破仑点心。

到家后，赍敲了半天也没人开门，不免担心起来。他用钥匙开门之后，才发现原来青伊在洗澡。他打开客厅的灯，正要把拿破仑蛋糕放在桌子上时，看见了两瓶喝剩的啤酒和一些吃剩的水果。

“老婆，我回来了。”他叫了声，没人应，就自己跑到卧室换好了衣服。然后他发现水声已经停了，但青伊还在洗浴间里。赍故意站在洗浴间门口，青伊一拉门，被吓得尖叫了一声。

“你什么时候回来的?”青伊没穿衣服，惊恐地望着赍，很久才恢复过来。

“我回来一阵子啦，叫你你也没应。”

“我在洗澡……”青伊抓起浴巾，低着头溜进房里。

“哎哟，平时你都是赤身裸体在房间里走来走去的，叫你穿衣服你都不穿。今天你怎么怪怪的?”

“没有……”青伊背对着赍，换上了睡衣。

“我说青伊，今天家里来客人了?”

“没有……哦，是我的大学同学，女的。”

“是吗?还喝酒了?”赍越想越觉得奇怪。

“就是喝了点儿啤酒，有什么好奇怪的……”青伊转头看了赍一眼，随即又避开赍的视线，打开了电视。

“你平时都不喝酒的啊，很好的朋友吗?”

“你问这么多干吗?”青伊一反常态，这让赍吃惊不小，赍一下被青伊的态度激怒了。

“这是我的房子，问问不可以吗?不想回答你就给我滚!”赍一拳打在了墙上。青伊从来没看到过赍发怒的样子，吓傻在那里。

两人保持着一个姿势僵持着。青伊的眼泪流了下来，她还是坐在那里，惊恐万分地看着赍。

赍知道自己失态了，却又不知道该说什么去挽回。他觉得又失落又难过，走到客厅里，点了支烟，坐在沙发上抽起来。

不知道过了多久，青伊走了出来。她站在客厅里看了一下赍，再看了看桌子上的拿破仑，好不容易忍住的泪水又流了下来。她没再说什么，转身推门离开。

赍坐在那里没动。他心如刀割，好不容易才得来的幸福，怎么能这样轻易地被自己亲手毁掉呢?还猜忌自己最心爱的人，怎么连这点儿信任也不给她呢?他爱她，很爱她，只爱她!她是这个地方、这个国家、这个星球、这个宇宙中他唯一爱的人!

他冲了出去，看到电梯已经下到三楼。他冲向楼梯出口，一路狂奔下去。他看到了青伊单薄的背影，他曾发誓不要再看到那样的背影，不要看到他深爱的浅井青伊离开的背影。这样的背影，是心灰意冷的背影，是不可能再回头的背影！他不要再看到。

他冲上去，从后面紧紧抱住青伊。

“对不起。”

青伊只剩下啜泣，任晚风把发丝吹乱，粘在她泪水流过的脸颊上。

“对不起，我再也不要看到你离开。”

青伊转身抱住贲，泣不成声。

“涩谷幽灵”的桃井千左与“东京战舰”的服部重镇之战在整个地下飙车界引起了空前的轰动，小混混和公路赛车迷们挤爆了东京各家赌注登记站。虽不是什么顶尖高手对决，却被传得神乎其神，各赌注站为了赚钱都抛出噱头，说是东京黑帮两大家族的又一次大对决。车赛还没开始，已是满城风雨，东京警方也绷紧了神经，传言虽假，但无论是上杉家还是武田家都没有出面澄清的意思。休虎想到双方都已签下和平协定，自然出不了什么乱子，能看看好戏，长长威风，也不是什么坏事。他还专门给千左打电话，叫他好好发挥，也好让大家知道上杉家人才济济，无所不能。

比赛时间被定在了晚上十一点半。从东上野出发，穿过中央区至台场，在辰巳往北走过江东区，沿六号线到中央区，然后回到东上野，先到者胜。

当晚的确是热闹非凡，东京地下世界控制的所有酒吧、餐厅、洗浴中心、赌博登记站都挤满了人。大家都关注着这场赛事，赌金仅仅为三万美金的一场小比赛，却让赌注登记站赚了个盆满钵满。

贲和大丸等人来到现场为千左打气。千左根本没把服部这个手下败将放在眼里，从建立“涩谷幽灵”到现在，赛了二三十场，他还从未有过败绩。所以他下午检测完车子后，就懒得再做临场的最后检测，只顾着和赍他们聊天。

相较之下，旁边的服部重镇就紧张多了，他和手下在给车子做最后的临场检测，紧张得一直出汗。

“老大，赛不赢就算了。”他的小弟们看他那么紧张，都为他担心。“涩谷幽灵”那边气定神闲，“东京战舰”的人却个个垂头丧气，一副不战已败的样子。服部心里想着和横田甫二约定的事情，根本无暇顾及队员们的情绪。

这个时候，他的手机铃响了。

“喂，到底要我做什么?”服部走到一边，擦着额头上的冷汗。

“你有点儿出息行不行?一切我们都办妥当了。你只要在高架桥上一直紧逼着他的车就OK，剩下的你不用管。明白?”

“要是我跟不上怎么办?”

“相信自己的实力。不需要你超过他，但你必须给我跟上!”

比赛终于开始了，桃井千左信心满满地坐进车里。

“千左，赢了回来坐你的战车去喝酒!”

桃井千左微微一笑，做出一个必胜的手势，“涩谷幽灵”的人一片欢呼。

双方都准备就绪。一名女郎走到两车之间，伸手脱下胸罩扔向天空，一时间只听到马达轰鸣、轮胎抓地的嘶吼。两辆车如离弦之箭一般奔了出去，车尾红灯甩出漂亮的线条，消失在夜色之中。

赍接过耳麦和千左通话。

“没问题吧?”

“废话!领先一个半车身。”

虽然杂音很大，赍还是能听到千左得意的冷笑。

“这么稳，聊聊天呀?”赍知道千左车技很稳，于是和他开起了玩笑，那边半天都没有回话。

“千左，能听到吗?”

“妈的……”

信号忽然很不好，耳麦里断断续续听到千左的咒骂。

“刹车没了!”

“什么?”贲大吃一惊，几乎跳了起来。

“没刹车了！车速也慢不下来!”

“开到多少了?”

“现在一百七了。”

“千左，一定要稳住！千左，想想办法!”

“贲，不能请你们喝酒了……”

耳麦里再没有了声音，贲知道是千左扯下了耳麦。他放弃了……

“桃井和服部的车一路狂飙。服部吃力地与桃井的车保持着一个车位的距离，两辆车上了高架桥，这里有一个急弯，服部紧逼上了桃井！实在太……桃井的车飞出了护栏……”

沸腾的东京一下子安静了，一点儿声音也听不到。所有的人都一脸错愕、茫然。贲站在原地一动不动，他什么也听不到，心里闷闷的，说不出的沉重和疼痛。直江广赖死的时候他有过这种感觉，却并不强烈。因为不是几秒钟前还在说着话，因为不是还没有兑现诺言就撒手人寰。这实在太过突然……

警方知道今天晚上会出乱子，早就严阵以待，很快就封锁了现场。贲毫无知觉地被大丸生生拉上了车，他不知道自己是怎么回到家，怎么躺到床上，怎么睡过去的。他只记得自己紧紧抱住青伊，拥抱着他深爱的人温暖的身体，像个孩子那样感到害怕。他以前以为自己不怕死，但他现在害怕了，他害怕失去现在的一切。

千左的声音整夜萦绕在贲的耳边，噩梦接连不断。他梦见千左出事的时候他就坐在副驾驶座上，千左一头汗水，死盯着前方的眼睛渐渐黯淡无光。他拿下耳机的一瞬间，转头对身边的赉无奈地一笑，仿佛在说，这就是命运！这就是画上句号的时候！车身冲破防护栏，高高飞起，在夜空中划出一道弧线。千左的头重重地撞向挡风玻璃，霎时鲜血喷涌，脑浆四溅，赉只能充满恐惧地呆呆看着，却动弹不得。车身猛地砸向地面，剧烈的爆炸声中他仿佛听见了千左的哭泣声，还有直江广赖的声音，不，还有内藤俊夫、大野米雄、川岛正雄，还有妈妈。那些声音交织着，挥之不去。赉想让自己镇定下来，却像虚脱一般没了一点儿力气。

“赉，怎么了？”惊醒的赉满头细密的汗珠，心里难受得想要发疯。青伊也惊醒过来，她爱怜地看着赉，将赉揽入怀里。她柔软的发丝轻轻抚弄着赉的面庞，她身上的香味让赉觉得安心，可是恐怖的一幕幕场景还是挥之不去。他只能把灯光调亮一些，抱着青伊，等待黎明的到来。

赉开始恐惧死亡。死亡就意味着失去，失去一切，灰飞烟灭。你所拥有的和你想拥有的都将成为泡影，因为，谁也不能让时光倒流。

桃井千左死了。在他的车上警方搜查到了六百克冰毒和一把改装过的FN“五七”战术手枪。

东京陷入了一片混乱之中。警方全面介入，成立专案组调查此事，表示将打击黑帮活动，一定要给东京市民一个交代。首先打击由黑社会集团控制的地下车会和赌注登记站，各黑帮的赌注登记站都关门休息，家族的头面人物也隐而不出。警方虽是全面调查，却不知道为什么并未深入，两个月后便不了了之，就连当事人服部重镇也只判了五年徒刑，后又因精神异常保外受医。据说他的名字已登在了武田家的薪金簿上。

桃井事件后，黑帮进入消沉期。各个家族虽未伤到元气，却没有谁敢在这个风口浪尖上滋事。大家都安分下来，各忙各的。

贲成天待在酒吧里喝闷酒，他并没像上次广赖死的时候那样怒火中烧，一股劲儿地只想报仇。那种清晰的恐惧感让他几个晚上都睡不好，他感到有些茫然，他第一次有这种感觉。而这些，大丸都不能理解。

“贲，我们不能在这里干坐着。我知道现在风声紧，不能动手，但至少可以调查调查，做些准备。”

大丸其实只是担心贲，看到贲意志消沉，自己也跟着没了主意。贲毕竟是他们的主心骨，贲无精打采，大家都跟着唉声叹气。

“饭盛，这次我们不能再单干了。上次的事情已经让主公对我们很不满了，所以这次不能再擅自采取任何行动。”高梨雨对大丸说。贲不振作起来，现在任何行动都是不利的。在桃井的车上搜出的东西，令警方对上杉家，特别对是涩谷的荒川势力高度警觉起来，专案组在荒川贲的地盘上二十四小时盯梢。

其实大家心里都明白这到底是怎么回事，但在这个时候却谁也不敢提出来。这一切明明白白就是武田家的阴谋。以桃井的精明，他是绝对不会把这些东西放在车上的，武田家的人更不可能有机会下手。这说明出现了更严重的问题，那就是出了内鬼！

“我们现在什么都不能做。”贲终于开口了，他的声音低沉沙哑，有气无力，他想振作大丸和雨的精神，却有心无力，因为他最担心的事发生了。这种事情不是精明就可以应付的，需要的是经验，他深知这一点。他睁开眼睛，就是这样一个动作也让他感到疲惫不堪。

“难道我们就坐以待毙吗？武田家已经出手了！”大丸是个急性子，他根本没往那方面想。

“大丸，你还不明白吗？”

“明白什么?”

“你以为桃井会笨到在比赛用的车上带那些东西吗?”

“当然不是他自己带的，是武田家的阴谋!”

“是。那你以为武田家谁有本事在桃井的车上放那些东西呢?谁有本事对车做手脚呢?你明白吗?”

“你是说，有内鬼……”大丸终于明白过来，颓然坐下。

“现在我们要镇静。桃井所有的资料都被警方掌控，而我们也在警方的监控之下，现在不好出手；武田家也面临同样的局面，一时也不会再有什么大动作；那个内鬼现在对我们的威胁也不大。我比较担心的是苍之介，失去了广赖不说，现在桃井也被害死了，我得多陪陪他。”

“赉，反正现在生意冷淡，就留给我和大丸打理，干脆你和苍之介出国去玩玩，权当避避风头。条子最近对你很感兴趣似的。”

“高梨这个主意不错！去吧，免得待在这里心烦。”大丸也不想看着赉难受，出去散心总比在这里窝着好。

“嗯，好吧。”

当天赉就给苍之介打了电话，苍之介的声音比赉还要消沉。赉叫苍之介和他一起去泰国散散心，苍之介思考了一下，答应了。

“赉，我从来没像现在这样恐惧过，我甚至不敢看自己身上的刺青，甚至开始怀疑自己走上的道路。”

“别想那么多了，我们好好出去放松放松。”

赉去了一趟上杉家的居所，找主公休虎说了自己的想法，休虎很热情地表示理解，然后给赉准了假。

“赉，你是该好好休息一下了。你为上杉家做了不少事，这次出去玩，费用就由家族全包了。泰国那边当然要顶级的享受，好好玩！”

赍回家后，青伊把刚做好的天妇罗端到桌上，微笑着说：“回来啦？我给你做了天妇罗，吃点儿吧。”

赍看到青伊的笑容，心情也转好了许多。

“对了，我们一起去泰国玩吧，还有毛利苍之介。”

“饭盛他们不去吗？”

“嗯，不去，他们还得照顾生意。”

“好啊。什么时候去呢？你有护照吗？还有 ID，都给我吧，我明天就去办。快的话，下个星期就可以了吧。”

“嗯，好。”

赍去换了衣服，边看电视边吃青伊做的天妇罗。青伊坐在他的旁边翻看时尚杂志，两个人有一句没一句地闲聊。赍喜欢这样的感觉，两个人这样相处的时候他便忘记了很多事情，所有肮脏的暴力的混乱的罪恶的事情都被抛到脑后。鼻息间是家里熟悉的味道，心里是淡淡的温柔。

两个星期后，赍办好了所有的手续，给大丸和雨交代好以后，苍之介的车已到了千金夜总会门口。上车后他就给青伊打电话，拨打半天都占线。

“喂，干吗呢？电话老是打不通。我们到楼下了，你快下来吧。”

“赍，对不起，我去不了了。”

“怎么回事？”

“刚刚接到学校的电话，说校庆务必要参加。”

“扯淡！你是什么大人物吗？要你务必参加校庆？”

“赍，对不起了。我这次真的去不了，实在是抱歉。”

“你脑子坏掉了吧？”赍不禁恼火起来。

“下次吧，下次一定好好陪你玩。对不起嘛，亲亲……”

没等青伊说完赍就挂断了电话，苍之介诧异地看着他。

“开车。”赉很气愤，他感到自己就像个小丑般被愚弄了，青伊用这种胡乱编出的谎言糊弄他简直太弱智了。他完全可以马上给大丸打个电话，派人跟踪青伊。这样的手段他的手下早已驾轻就熟，不出几日他就可以将青伊的隐情调查得一清二楚。但他宁可相信这可笑的谎言，也不想去了解背后的隐情。如果在这件事上，他相信了自己的判断，就表明他否定了对青伊的信任。既然爱她，就信任她，他这样说服自己，可是心却疼痛起来。透过成田空港航站楼巨大的落地玻璃，能看到外面的天空依然阴霾——这的确不是适合出游的天气。

这一年多来发生的事情让他觉得疲惫。他不知道即将离开的这个城市到底给了他什么，又夺走了什么，财富、名誉、荣耀？友谊、爱情、良知？他不知道在这里他是找到了人生的目标，还是迷失了人生的方向，但他觉得这一切的一切，都是命运！命既如此，夫复何言？那么就随着离开地面插入云层的飞机一起，暂时告别这个五彩斑斓又暗藏杀机的东京，让自己的心灵得以安静片刻吧。

【第四卷】

来到泰国曼谷的时候，米叔刚好不在，塔雅负责接待贲和苍之介。

“萨瓦迪卡!”

两年不见，塔雅已经出落得亭亭玉立，一头褐色长发垂在腰际。她一看见贲便激动起来，也不管什么礼节了，扑上去紧紧地抱住贲。

“妈的，没想到贲是个到处留情的人啊。”苍之介看不下去了，开始讥讽贲。

“哥哥，好久不见啦!”

“呵呵，是啊。”

“因为一直待在泰国，日语都生疏了，哥哥要帮我补课啊!”

“呵呵，还是说得很不错的啊。”

塔雅现在在曼谷的一所艺术学校学习舞蹈，现在刚好是在假期，所以有充足的时间带着贲和苍之介在曼谷好好吃，好好玩。

苍之介很长时间意志消沉，在这里总算是安下心来，他痛痛快快地解放自己，变得又能吃又能睡又能玩。

“你爸爸什么时候回来?”贲问道。苍之介去做桑拿了，贲和塔雅来到河边的小酒吧。

“快了吧，听说还得去台湾半个月。”

“哦。”

“还带着那个玻璃瓶吗?”

忽然被问到这个问题，赍一时不知该如何回答。

“哥哥，我真想知道关于那个玻璃瓶的故事。”

“玻璃瓶的故事还是让它留在玻璃瓶里吧，好吗?”

“那我给哥哥讲一个故事吧。”

赍转过头，看着塔雅微笑着说：“好啊。”

“从前有个小女孩，她跟着爸爸出海钓鱼，遇到了海难。他们到了一座岛上，不得不在那里生活下来。小女孩觉得生活很无聊，成天发脾气，也不跟随他的爸爸去钓鱼，只是待在沙滩上堆城堡。堆好了摧毁，摧毁了又堆起来，直到岛上来了两个大哥哥。一个是王子，另一个是王子的战士。因为王子的到来，岛上的一切都变得有趣了。小女孩喜欢上了王子，但王子却有自己的公主，他只把小女孩看做是自己的妹妹。公主就是被关在玻璃小瓶里的糖果，王子用尽一生的力量，就是想打开那个瓶子，把她救出来。王子在小女孩面前的快乐，不是真正的快乐，实际上他内心很痛苦。小女孩知道他的痛苦，却无法帮助他，所以小女孩也一起痛苦……”

塔雅说得很慢，因为日语实在是生疏了，也因为有些哽咽。

“塔雅，你喝多了，该回去了。”赍有些尴尬，他不知道该怎么办。塔雅像两年前在冲绳那样抱住赍，安静地抱着。

良久，塔雅重新坐了起来。她整理了一下自己的长发，将桌上的酒端起来，一饮而尽。

“我跟我爸都是倔强的人，所以，你看着办吧，哥哥。”

“呵呵，傻丫头。”赍付了酒钱，拉着塔雅坐三轮车回了酒店。

两周之后，米叔回来了，将赍和苍之介叫到家里吃饭。塔雅妈妈做得一手地道的泰国菜，让这两个日本小子大饱口福。

“赍，真是好久不见了，越来越帅了啊。”

“呵呵，米叔也很精神啊。”

“累死我了。我去台湾送货，中途遇到了台风，不得不在台湾逗留了一段时间。听说你要来，我真是太高兴了。塔雅没捣蛋吧？”

“哈哈，塔雅真是好导游啊，我和苍之介都爱上曼谷了呢。”

“是吗？说是让她来接待你们，其实是因为放假了，没人管得了这个疯丫头，所以也算反过来让你照顾她啊，哈哈。”

“哪里。”

“哎，赍，出了什么事吗？东京的局势怎么样？”

“嗯……局面很混乱。”

“我现在跑横滨很多，朋友会说些东京那边的情况，看来上杉家问题不小啊。那个叫桃井的，刚不幸被害了吧？”

“米叔很厉害啊，人脉这么广，家族事务也可以知道这么清楚啊。”

“哦，有些朋友罢了。我对家族事务不关心，不过是跟你有缘，关心你的安危罢了。”

“米叔，在下惭愧了。”

“就算我不关心你，这个丫头能让我清静吗？”米叔笑眯眯地指了指在帮忙摆碗筷的塔雅，赍不好意思地低下了头。

“我知道，你的心在东京。不过年轻人啊，走上这条道，凡事得小心些啊。”

“嗯，是。”

“别把米叔当外人。有什么困难，米叔能帮的，一定帮。米叔把你当做自己的亲人看待啊。”

米叔说的这些掏心窝子的话，让赍觉得温暖。

“对了，大丸那小子怎么样了？”

“他还好吧。谈恋爱了，幸福着呢。”

“哈哈，有意思。”

“吃饭了！就知道聊天。”塔雅打断了米叔和贲的谈话。大家坐上桌，品尝美味的泰国料理，苍之介辣得大呼过瘾。三个男人一醉方休。

贲走后的日子，大丸全然没了精气神儿，做什么事情都没有干劲儿，常常一个人坐在吧台，一杯接一杯地喝闷酒；越想把自己弄得整天都很忙的样子，越感觉没什么事好做。贲走后，东京地下世界太平了很长一段时间，生意上了正轨，也没什么可管的。

大丸干脆也给自己放了三天假。他陪着夕子逛街，还去了上野动物园，跟一群戴着小黄帽的孩子一起挤着看老虎和猩猩。夕子带着宝丽来相机，逼着大丸照相。两个人在动物们的跟前毫无顾忌地自拍。大丸觉得在河马面前搔首弄姿地拍照实在是一件痛苦的事情，但难得看到夕子这么开心，就心甘情愿地任其摆布。

夕子拉大丸去参观国立西洋美术馆和科学博物馆，说是要给不学无术的大丸普及一下文化知识。

在美术馆右侧的小广场上，矗立着全世界只有七件的青铜铸造的罗丹作品——《地狱门》。

“告诉你啊，这就是罗丹的《地狱门》了。如果你对我不好的话，我就一脚把你踹进去。知道吗?”

夕子跟大丸开着玩笑，大丸却愣在了那里。他看着大师巧夺天工的作品，久久说不出一句话。那些死在他手下的人的灵魂是从这里穿过的吗？自己死了之后，会穿过这里吗？无助、痛苦、绝望，在人世才会有这样的感受吧？残酷的人间才是真正的地狱。而人死之后，穿过这扇门，说不定只是走向绝对的“无”，没有任何的感知。大丸第一次有这样的觉悟，他为自己的想法感到吃惊。他不知道自己是感悟了一些艺术，还是悟出了一些关于生死的奥秘。

在传奇的末代武士西乡隆盛的雕像前，大丸深深地鞠躬。西乡隆盛是他唯一崇拜的历史人物，这个秉持武士意志与信仰的男子汉身上耀眼的大和武士之光，闪烁到了生命的最后一刻。他的灵魂与武士的荣耀、精神融汇在一起，他的一生都践行着对武士荣誉的忠诚与许诺。大丸曾发誓要做像西乡隆盛一样的男人，秉承武士坚持自身高贵信仰的觉悟。

一直以来，日本的黑帮都继承了许多明治之前武士道的精神内涵。但随着物欲的膨胀，日本黑帮的武士道德已经沦丧殆尽，所谓的绝对忠诚更变成了笑话。但真正恪守武士信念的人明白，忠诚的心不仅仅是对别人，也是对自己。丧失了忠诚，就失去了作为一个人的自我意识，他的行为不再受“念”的约束。这样的一个人也就丧失了灵魂，也失去了在这个世界中的自我的意义。

而那些坚持着自我信念的人，恪守武士道品格的人，在他们生命结束时感受到的绝不会是空虚，而是一种灵魂的升华，近似于佛教理论中修成正果的概念。他们在战斗或者在一生的奋进中，实现了作为人的意义，这就是作为武士道的觉悟。

西乡隆盛带着这样的觉悟矗立在东京的这个角落里，面朝南方，望向自己的故乡鹿儿岛。他的一生无怨无悔，在死后被后人尊敬。

这也是年轻的大丸所追求的为人的最高境界。

而夕子当然不能理解大丸的觉悟，她不能理解为何大丸的眼里会流露出那样坚定的眼神。在她看来，大丸只是个懵懵懂懂而且后知后觉的大男孩，这个可爱大男孩的肩膀，给了她她所期盼的温暖与安全。她不关心他的家世或背景，也不关心他的职业和前途，她只关心和他在一起的每一刻，关心这个大男孩是否开心，是否知道她正为他的开心而开心着。

夕子跟大丸在一起的每一刻，她都十分用心地去珍惜和感受。她的心中蕴藏着对大丸最真挚的温柔。

夕子有一个上锁的日记本，和大丸在一起之后，她每天都写日记，记录所有关于大丸的心情。他们去过的地方，走过的街道，吃过的餐馆，看过的电影，听过的音乐，买过的衣服和玩具，甚至说过的笑话和小小的拌嘴。所有这一切，她都用心记录，因为这是她的幸福。

夕子在第一篇日记中写道："那是我第一次看见饭盛，我可爱的丸子。他穿着西服，却没有系领带。他的耳钉闪闪发光，是个坏小子的形象，但他却害羞地偷偷看我，像个在学校里偷看暗恋的女生的大男孩。我喜欢那种单纯的眼神，我喜欢那种伪装出的无所谓的表情。在那一刻，我的心因他而不安地跳动。在他手忙脚乱付完账离开时，我就在心中暗暗祈祷他再次出现，他果然再次出现在我的面前，而且表现出背离他凶悍外表的可爱行为。他让我帮他挑选店里我觉得最可爱的糖果，然后他买下来全部送给我。无论怎么说，这是我这辈子所遇到的最浪漫的事情，而傻乎乎的丸子，是我此生遇到的最浪漫的人。"

在警方长达三个月的治安整顿中，一向顺风顺水的色情业也受到波及，就连无码光碟的走私也受到严重打击，一蹶不振的色情出版业直到最近一个星期才又重新振兴起来。上杉休悟的公司新进了艺人，他想尽快捞回在低潮期的损失，虽说他个性懦弱，但做这一行却摸到了些门道，为家族赚了些钱。

他的公司在贲的辖区，属于第二军团，所以保安工作由贲他们负责。大丸这个好色的家伙在没有遇见可爱娇小的夕子之前，主动承担了这个任务，常常往这边跑，拿些新出品的片子来消遣。眼下，贲去了泰国，夕子白天要上学，晚上又要打工，和寡言少语的高梨雨待在一起也没什么意思，所以他往休悟的公司跑得更加频繁了，和公司的员工都混得很熟。

大丸天性就爱闹爱玩，很容易和那些员工打成一片。他和他们称兄道弟，经常和他们一起闲聊，那些员工也觉得大丸平易近人，愿意和他聊天。更何况在涩谷，荒川贲和饭盛丸的名号是响当当的，大家都有种接触到地下世界明星的感觉。

有一次，聊到了桃井千左的死，大家都欷歔不已。

“要是被我逮到那个内鬼，我非将他撕碎不可！”大丸愤愤地说。众人面面相觑，不明白他说的是什么意思，于是各去做各的事了。

大丸看也没什么好玩的了，跟休悟打了个招呼就准备离开，却在停车场被一名小工拉住。

“饭盛君，有件事情我想告诉你。我知道这是我不该说的话，但一定是你想知道的信息，希望你能给我一笔钱让我离开。”

这个小工只是一个实习工，和大丸他们一样是从外县来到东京闯荡的。他性格淳朴善良，只负责公司的清洁，常常被公司里的其他人欺负。大丸看他认真而害怕的表情，不像是在诈他。

“你说吧。”

“是关于桃井君的。你得向我保证要给我足够的钱，因为我知道一说出来，我就可能死在东京。”那小工看着大丸，说话都带了哭腔。

“上车。”大丸知道事关重大，看看四下无人，把那小工拽到了车上，一踩油门，将车驶离了休悟的公司。他一直以来就想查这件事情，毕竟他们与桃井感情深厚。

“现在可以说了吧？”

“我知道饭盛君、荒川君和桃井君是很好的兄弟。我不知道到底是谁害死了桃井君，但他比赛当日正是收取每月管理费的日期，我亲眼看到桃井来过公司。他上楼大概和休悟聊了一刻钟才下楼。”

“那又怎样？休悟是上杉家的人，再说桃井一直在帮他，他怎么会害桃井？”

“这我不知道。当时公司人很少，但在场的人后来都一致否认桃井来过。因为我是忘了拿东西才回来的，所以他们并不知道我也看到桃井了。”

“停车场有监控录像。”

“那天下午停车场和电梯的监控在检修。”

“这是二十万日元，我身上就这么多。我马上送你去车站，你离开东京，但你得留下联系方式给我。”

“是。”

“除了我，谁的电话都别接，不然被杀掉我可不管。”

“是！”

大丸把那名小工送到了车站。看他上车后，大丸情绪低落，心绪混乱起来。难道上杉休悟就是那个内鬼？

“要是这个时候贲在就好了。”大丸坐进车里，他没想到此刻自己完全没了主意。在没有贲的情况下，他该怎么办？

大丸给贲打了电话，告诉了他关于这件事的情况。贲认为此时没有任何证据，不能打草惊蛇，一切等他回到东京后再说。他让大丸常常去休悟的公司转转，如果有机会潜入他的办公室的话，可以找找有没有别的线索，但是一定要在安全的情况下行事。

和贲通完电话的第二天，大丸在下班时间去了休悟的公司。那个时候天快黑了，大部分的员工都回家了。新来的小工把地板拖干净之后，收拾了工具便乘电梯离开了。看已经没有人在，躲在暗角的大丸闪身出来，铁门已经上锁了，眼下还是没有潜入的办法。正当他准备离开时，电梯忽然停在了这个楼层，发出“叮”的提示音。大丸一惊，又闪身躲进了暗角，透过虚掩的门缝看出去，只见一个女子走了出来。虽然大丸只看到了她的侧脸，而且女孩裹着风衣，戴着墨镜，但脸型和发型都像极了浅井青伊！

大丸惊得说不出话来，她怎么会来到这里？

这时女孩背对着他。大丸怀疑自己是看花了眼，进出这里的女子不少，说不定是哪位艳星。会不会真是自己看错了？他又仔细观察了一番，从各个方面来看，的确是青伊无疑！只见那女孩敲了敲铁门，大概隔了十几秒钟，有人给她开了门，女孩挡住了给他开门的人。但如果那女孩真的是浅井青伊的话，大丸能想到给她开门的是谁。上杉休悟和浅井青伊交往过，难道他们之间还有联系？这个女人竟然背着贲……

大丸想不下去了，因为没看到正脸，他也无法断定那就是青伊。正在他犹疑的时候铁门关上了，这是进入公司的唯一入口，没办法再查下去了，他只好从楼梯间撤退。

上车之后，他拨了一下浅井青伊的电话，但关机了。大丸心中的疑虑又加重了一层，他不免为贲担心起来。从秋田来到东京，他和贲都不再是孩子了，唯一能让贲感到安全和温暖的，就是他心中对青伊的爱和信赖。在别人眼中贲只是个精明冷酷的黑帮人物，但作为最好的兄弟，大丸明白贲心中对青伊的那份深情。那份情是那么执著，那么专一，如果青伊背叛了他，真不知道贲会变成什么样子。

大丸越想脑袋越痛，索性不想了。他准备直接到糖果店去等夕子下班，这是他一天中最快乐的时候。以前，他不明白贲的那种幸福感，现在他很明白。大丸以前从来没对走上黑帮这条路后悔过，但在遇到夕子后，如果让他再选择一次人生的话，也许他便会犹豫了。

“但是不来东京混的话，又怎么会遇到夕子呢?”大丸自嘲地笑笑。对他来说，这样复杂的问题，他一辈子都想不通。

快到糖果店时，他的电话响了，是宇佐美戊辰打来的。

“饭盛，到机场去接荒川和毛利。马上就去！小心点儿。”

“他们怎么这么突然就回来了？不是要玩一阵子吗?”大丸疑惑地问。

“直江大人快不行了，上杉家马上要出大事!”

那个夜晚，东京下着细密的小雨，饭盛丸和高梨雨只带了两名手下去机场接荒川赍和毛利苍之介。由于雾霭浓重，飞机晚点了半个小时。当赍出现在人群中时，大丸冲上去给了赍一个大大的熊抱。从秋田到东京，两兄弟还没分开过这么长时间。

“赍，你是接到宇佐美的电话赶回来的吗?”

“嗯。他说直江大人病重了，叫我立刻回来。”

两人边走边说，直奔机场的停车场。

“他告诉我上杉家要出大事情。看来今晚我们就得去静冈。”

四个人上了车，直接前往静冈。

“我猜得没错的话，是要商议第二军团主将的位置。”

毛利苍之介比起离开东京时晒黑了不少，看起来健壮一些了，也没了刚刚离开时的颓废表情。

“商议？第二军团主将不是由主公任命的吗?”赍奇怪地问。大丸和赍都是刚刚进入家族，所以对家族里这些规则不十分熟悉。

“按理说应该是，可是现在情况不同了。虽然休虎主公拥有绝对权威，但目前他受到多方掣肘，必须有所权衡地选定人选。直江家的人他是断然不会选的。”

“广赖君都……直江家也没人了……”

说到这里，大家都难过起来。

“桃井的事搅乱了局，现在休虎主公一定会更加慎重地对待第二军团主将的人选。虽然我猜不到他会选谁，但他一定会否定直江大人的推荐。”

“那你猜猜贵信大人心目中的人选。”大丸一脸兴奋。

“反正不是你。”

大家想笑，却莫名紧张起来。

“苍之介，我会力挺你的。”赍拍拍苍之介的肩膀。大丸和雨都不解地看向赍。

“想推卸责任吗？在我们几个的心目中，你早就是老大了，涩谷之王。”苍之介笑笑。

大家都没有再说话，默默听着雨声，想着各自的心事。

凌晨一点，他们终于赶到了直江家在静冈的宅邸。那儿从三公里外的乡间小路上就开始设岗哨，守卫相当森严。

到玄关后，一名保镖把赍等人引到了会客室。大概五分钟之后，身穿灰色和服的宇佐美走了进来，众人起身向他行礼。

“赍，舟车劳顿了。”

“还好，直江大人的情况……”

“现在病情稳定下来了。昨天突然发病，还好抢救及时。”

这个时候用人把热茶端了上来。

“再去端些糕点来吧。”宇佐美吩咐后，用人便退下了。

“赍，苍之介，你们先喝些热茶吧。”

众人一时也不知说什么，都端起茶来若有所思的样子。

“那么，宇佐美君，主公的态度呢?”苍之介沉不住气了，首先打破了沉默。

“我还没有告诉主公直江大人病重的消息。”

众人听到宇佐美这么说，都吃了一惊。

“当务之急是商量出第二军团主将的人选。如果一切听由休虎主公安排的话，恐怕会对第二军团极其不利，这也是部分家老的意思。”

“宇佐美君说得没错。外面风传广赖是休虎设计陷害的，虽是谣传，但休虎主公生性多疑是大家都知道的。现在第二军团注入了荒川等新鲜血液，实力尚在，如果丢掉直江家系对第二军团的控制权，那么第二军团不只会名存实亡，是否还会继续存在都是个问号。”

自从广赖死后，苍之介对休虎一直心存芥蒂，所以他当然不希望看到休虎直接掌控第二军团的局面。

“苍之介说得没错，这也是我的想法。但按目前家族内部的力量对比来看，由于上杉家在本州生意很多，休虎主公暂时还不会动第二军团。毕竟直江家系仍然控制着除东京两区之外的静冈、爱知、山形和秋田四县的分支生意，并且人脉甚广，贵信本人声望也极高。休虎刚刚成为主公就裁出直江家系的全部势力，那是不可能的。”

他喝了口茶，看到众人纷纷点头，便接着说：“第二点，从东京的局势来看，我们和武田家还处于争霸状态，所以休虎主公需要第二军团和其他依附家族的支持。而我掌握的财力和政界支援又是他不可缺少的一股力量。主公为了稳住这两股力量，会勉强接受一个隶属于第二军团但根基不稳、实力不够强大的人来出任第二军团主将。这是他的权宜之计，却是我们留住第二军团的唯一机会。”

“哎哟，宇佐美君，请你不要再卖关子了。”

“所谓无风不起浪，外面的谣言不可尽信，也不可全然不信。如此推测，自小和广赖交情深厚的苍之介，本身隶属第二军团的我必然是他的心腹大患。那么，现在最合适的人选，就是荒川赍！”

“对嘛，非常之事待非常之人！”如果赍能担任第二军团主将，最开心的当然就是他的好兄弟大丸了。

“在下何德何能，担此重任。承蒙直江君不弃，将我招入家族，能谋得一份差事，我已感激不尽了。”

赍深知第二军团主将是何等显赫的位置，无论在武田家还是在上杉家，一旦到了那个位置，就成了箭靶子。一有闪失，便是万劫不复。

“赍，这是直江大人和我商议很久的结果，考虑已经相当成熟。除了你，的确是没有别的更好的人选了。被顶到那个位置也实在是危险……请体谅一下我吧，我不想在有生之年看到家族分裂。”

“这……”

“哎哟，赍你就别婆婆妈妈的啦。现在是生死存亡的关键时刻，你得像个男子汉一样！”大丸不耐烦地拍起赍的肩膀，让严肃的氛围得到了一些缓解。

“赍，我等都会全力支持你的。”苍之介看着赍，雨也跟着点头。他们两个现在对赍也十分信任。

“那好吧，我会竭尽全力的。”

“对嘛，这才是我们的涩谷之王嘛！”

“好了，那么现在就是要商量对策了。要想让事情顺顺利利，还得考虑周全。如果能取得永井的支持，那就万无一失了。”

众人又商议了半个多小时，制订了一些大概的方案。

“今天就到这里吧，你们马上赶回东京。我明天还得去主公那里，今晚得工作到很晚。”

“哦，我们要去看看直江大人吗？”

“不，太晚了，他需要休息。他已经做好了隐退的报告，准备交给主公。”

“这样的话我们就告辞了，一切都拜托宇佐美君了。您也要保重身体才是。”

“嗯，去吧。一切小心些。”

“保重。”

赍等人从直江宅邸出来，雨还没有停。午夜寒气逼人，大家都冷得直打哆嗦，赶紧紧紧衣领，钻进车内。跟来的保镖揉了揉惺忪睡眼，将冰凉的矿泉水拍打在脸上醒神，然后发动了汽车。

车沿着乡间小道驶上了回东京的公路。

“对了，刚才忘记了跟宇佐美说桃井的事情！”赍忽然说。他回来要办的第一件事，便是追查谋害桃井的内鬼，却只顾讨论第二军团主将的事情，忘了这件事。

“赍，明天再说吧。大家都累得不行了，得先养足精神。”苍之介实在筋疲力尽了，才从泰国回来就赶到静冈，中间根本没休息。

“嗯，好吧。”

将苍之介送回家后，赍他们回到了涩谷。

“对了，大丸，青伊还好吗？”

一听到青伊的名字，大丸浑身一激灵，瞌睡全无。他犹豫不决，不知道该不该把在休悟公司看到的事情告诉赍。

“怎么了，有什么事吗？”赍问道。

“啊？没有，我正在做梦呢。你突然问这个，我当然要清醒一下啦。”大丸支支吾吾的。他都没看到正脸，更无真凭实据，怎么能现在说出来？他决定自己先查个水落石出，再告诉赍。

“真的没事吗？”

“没事。她好像在上什么补习班……不知道……我平时都跟夕子一起，哪有闲心管你的女人。”

“臭小子，回去早点儿休息。”赍笑着打了大丸一拳，跳下车往家里走去。他总觉得有点儿怪怪的，大丸犹豫的表情当然逃不过他的眼睛。既然大丸不愿意说，赍也不想再去问，一大堆事情还在等他办呢，脑子也留不出空间去思考那些琐事了。

打开门，屋里黑糊糊的，没有穿着和服的美丽天使端上热腾腾的天妇罗，也没有穿着 Hello Kitty 拖鞋的小女人开着电视，在沙发上睡得东倒西歪。

除了一片漆黑，什么都没有。

房间里的阴冷让赍打了一个寒战。这一刻，他觉得疲倦而寂寞。

永井决五郎有早起的习惯，他会在早餐前牵着家里的拉布拉多犬在屋外的林荫小道上散步。宇佐美就是在这个时候登门拜访的。

永井似乎早就猜到宇佐美此刻会来似的。他回到更衣间换了宽松的黑色粗布和服，让保姆把头发梳理了一番。

“让宇佐美直接去餐厅吧，他肯定也没吃早饭呢。”

永井梳洗好后缓步走进餐厅。用人们已准备好简单的饭菜，有新鲜的牛奶和麦片粥，还有一些糕点和刚刚煎好的鸡蛋。

宇佐美已经端坐在那里了，看见永井走进来，抖擞一下精神，起身行礼。

“戊辰，又是一晚没睡咯？”

“嗯，刚刚从静冈赶回来，直江大人的身体状况很不好。”

永井没有再说话。他落座后，用人为他盛了一碗热粥，他就着一些调味小菜和鱼干吃掉了半碗。

“戊辰，鸡蛋还是要单面的吗？”永井忽然开口问道。傻坐在那里、想着该如何开口的宇佐美吃了一惊，一种被遗忘很久的温暖感觉忽然袭上宇佐美的心头，他鼻子一酸，脸上闪过不好意思的表情。

“戊辰，我们所走的道路，是一条迷雾中的道路。迷失自我是不可避免的毁灭，只有能把握自己的人才能走得更长远。你说是吗？”

“是的，老师的教诲戊辰谨记在心。”

“我一生效忠上杉家，从来没考虑过我为家族做了多少，我只知道我的一切都是家族给的。如果你一旦权衡得失，那就是走向灭亡的开始。”

“老师说的是本分吗？”

“还是别叫我老师了，戊辰。你将成为家族的参谋，就应该一切都从家族的利益出发。”

“保存第二军团的实力，也正是为家族考虑呀。”

“干吗说这个？你是在辩解什么吗？”

“我知道什么都瞒不过您。直江大人隐退已是必然，我此次前来，正是为第二军团主将的人选之事。”

“说说你心中的人选吧。”

“我和直江大人的意见一致。目前看来，荒川贲最为合适。”

“一个完完全全的新人，能干，有头脑，可塑性很强，又不具备绝对强大的势力，也就没有太大的威胁性。的确是不错的人选。”

“那……永井君认为主公会同意这个推荐吗？”

“你是想知道主公心里的人选吧？”

“不敢。”

“总之，按照你自己的意思办吧，但你得有承担责任的觉悟。”

“是！”

“戊辰，你有些心思是危险的，会给你招来杀身之祸。我知道在这个时代，绝对的忠诚是愚蠢的，但你必须明白你处于什么样的环境之中。在家族里，没有正义，只有服从。明白吗?”

“是的……”

“嗯。鸡蛋煎好了，快趁热吃吧。”

这天的天气格外好。清晨，阳光就暖和地洒进屋里，一眼就可以看到院子里火红的枫叶。

直江贵信坐在轮椅上，他今天的精神也格外好。他没有用早餐，指指院子，意思是他想去院子里坐一坐。

“您还是先用早餐，再去晒太阳吧。”用人将用餐的小桌端到直江贵信跟前，他将桌子推开，又指了指院子。

“好吧，那待会儿回来再用吧。”

用人将贵信推到花园里，阳光洒在他的脸上，暖和极了，红叶晃得他有些睁不开眼。他向用人们挥挥手，让他们离开。

这是个宁静的清晨，甚至听不到鸟叫声。一只雪白的波斯猫安静地蹲在屋檐上，看着在院子里晒太阳的这位老人。

呼吸到的空气还是有些寒冷的，贵信不禁咳嗽了两声，然后他就静静地坐在那里不动了。时间仿佛静止了，不知过了多久，他似乎是睡着了，在迷迷糊糊中听到孩子的笑声。啊，是广赖啊。他正从院子里的假山那边跑过来。他还穿着背带裤，戴着小丑棉帽，手里拿着圣斗士星矢的玩具。

“爸爸，陪我玩吧。”小广赖来到贵信的身边，却并没有对爸爸说话，而是对着爸爸的身后。一位西装革履的男人满脸凶相地出现在贵信身后，眼神冰冷，他看了小广赖一眼，转身走进屋里。小广赖“哇”的一声哭了，想追那个男人却又跌倒了。他一声接一声地叫着“爸爸，爸爸……”贵信想去抱小广赖，却动弹不得，想叫也叫不出来。他心里难受极了，泪水顺着眼角流了出来，他张大着嘴，却发不出一点儿声音……

在这个阳光温暖的清晨，上杉家族曾经的头号杀手，第二军团主将直江贵信因突发脑溢血死于家中。一代枭雄惨淡地结束了自己的一生。

走在涩谷的街头，似乎每一个角落都有关于青伊的回忆，似乎到处都还残留着青伊的气息。过了这么久，贲的气也消了，思念开始无法抑制地在心中蔓延。

大丸看到贲无精打采的样子，更不能把在休悟公司发生的事情告诉他了。回来之后都还没来得及给贲和苍之介接风洗尘，大家决定先去大吃一顿，然后去彻夜狂欢。

夕子是很用心的女孩，带着大丸专门去定做了一个冰激凌蛋糕。七八个人喝了四瓶红酒，然后情绪高昂地去唱歌——夕子在的缘故，他们当然不好去洗浴中心或者娱乐城这种地方。

“你们不要都穿黑颜色的衣服嘛，感觉和坏人一样。”夕子指着他们几个人说，惹得大家哈哈大笑。

“夕子，我们不会很像坏人吧？你男朋友比较像坏人，是吧？”

夕子仔细打量着大丸。今天大丸穿着黑色小西服；头发长了些，染成了米黄色；银耳环是夕子给他挑选的爱心和骨头形状；手上戴着蒂凡尼的情侣手链。

“不会呀，我的丸子很可爱啊。”

“丸子？哈哈哈……”

大家一阵狂笑，大丸尴尬地愣在那里，无地自容。

“喂，你给我注意点儿称呼。”大丸觉得颜面无存，故意装出很严肃的样子。

“丸子有什么不好吗？在家这样叫你，你挺开心的呀。再说夕子和丸子很配，也是你自己说的呀。”夕子继续疯狂爆料，大丸简直要崩溃了。

“喂，你干吗当着这群大男人讲这么私密的事情呀？”

“有什么关系呢？告诉你们啊，别看他平时装得挺 Man，我送他的卡通内裤他穿得很开心呢！”

“这个我作证啦！”赍还不忘记在大丸出丑的时候落井下石。

大家怀着无比愉快的心情来到量贩 KTV 欢唱。带着微醺的感觉，大家唱起歌来都特别活跃，大丸还当场秀出他的卡通内裤，笑翻全场。

只有赍坐在那里玩弄着手机。无论他怎样假装，他都很难融入这种欢乐的气氛。

赍似乎置身热闹之外，荧幕里播放的 MV 让赍看得出了神。穿着白裙的女孩在柔和的灯光下跳着芭蕾，优雅的舞姿，淡定的表情……时间仿佛被拉回到童年，泛黄的天空，生锈的门锁，空气里弥漫着潮湿的味道，手心还有出汗的感觉。男孩透过虚掩的门的缝隙，看到那个天使般的小女孩翩翩起舞。从此，男孩的目光再也离不开那个美丽的身影……

看着看着，赍的眼睛莫名湿润，心中涌上无限酸楚。

他站起身走了出去。礼貌招呼的侍应生，醉酒的女学生，争吵的情侣，太多人在眼前晃动，灯光也太刺眼，他看不清那个笑容……赍沿着走廊一直走到无人的阳台，东京的天空被绚烂的霓虹灯照亮，耳边有风低吟的声音。

赍翻到青伊的号码，拨了过去。

“您拨打的电话已关机……”

赍觉得有些无力，他掏出烟点上，默默欣赏着繁华的夜景。不知道从何时起，这动人的夜色总夹杂着一抹淡淡的悲凉。

在圣诞节到来之前，主公上杉休虎依照惯例召开上杉家的家族会议。由于此次会议涉及家族参谋和军团主将的任免，家族未来数年生意比重的划分和战略规划等重大问题，所以除东京各区的分区老板之外，分布于其他县的家族分支也派出代表，赶往东京参加会议。

安全工作由第一军团全权负责。代理主将鬼小岛丰海带领第一军团全面出动，封锁了上杉家主控区域。军团全副武装地执勤，警察也跟着不得消停，盯着上杉家的地盘，生怕出什么乱子。

会议前一天，上杉家族在东京郊外的一座古寺为上杉端国主公举行了庄严的祭祀祈福仪式，请来高僧主持法事，整个活动持续了一整天。当晚，上杉休虎在上杉家府邸举办盛大的欢迎宴会，这次是他首次以家主身份举办宴会。在永井的陪同下，休虎跟各区和各县的家老交谈，其中有些人他甚至只是在家族薪金名册上见到过名字，以前根本未曾谋面。而直江家系的嫡系家老，以给直江贵信大人守灵为由，没有参加会议。

静冈一县之事务委派爱知县分区老板桃井遂岩代为负责。桃井家与直江家有姻亲之好，在上杉家的家老实力中，仅次于直江家排第三位，其分管区域为爱知一县，桃井千左就是桃井遂岩的侄子。直江贵信大人实际上是老来丧子，忧郁成疾而亡。短短两年时间，直江家父子先后丧命，威风八面的大家族瞬间一落千丈，因此直江家嫡系的人都对上杉休虎心存怨恨。家主都没了，还假惺惺地请什么直江家的人出席家族会议？所以他们干脆推说老太爷尸骨未寒，不能前去参加会议。东京那个伤心地，最好不去。

这对上杉休虎来说是求之不得。他一心想着扳倒第二军团，直江家不来人最好不过。

当晚，上杉休虎连续约见了来自各县的分区老板，其中也不乏直江家系的人。除代表静冈和爱知的桃井家没有明确表态之外，其他各县都明确表示效忠上杉休虎；上杉休虎既为主公，他的任何决定都代表着上杉家的决定，各区坚决服从。因为在上杉端国时代，所有的家族职务任免全是端国主公一人说了算，原则上参谋也没有话语权。但因为永井的卓越才能，参谋的话语权也渗透到了职务任免的范畴——参谋的权力模糊也是整个日本“地下政治”中很有特色的现象——总之，掌握参谋的位置，就能掌握一定的话语权。

宇佐美深知这一点，如果在第二天的家族会议上永井不站出来帮第二军团一把，那再多的努力可能也会付诸东流。永井是他唯一的希望，永井站出来，第二军团才能有一线生机。

第一次参加家族会议的涩谷区分区老板荒川贲简直惊愕不已。虽然宇佐美曾告诉过他上杉家的生意不止在东京，在关东各县甚至在全国都拥有雄厚实力，但他根本想不到上杉家俨然是一个强大的家族王国了，其财力与武力之雄厚，令人瞠目结舌，更让他大开眼界的是上杉家在政界拥有的广阔人脉和并不单一的海外贸易。而他这个第二军团主将的候选人，几乎连自己军团的辖地和所属军团的势力及实权人物都还没搞清楚。

第二天的会议上，上杉休虎正式任命鬼小岛丰海为第一军团主将，并宣布第一军团全权负责家族在东京的安全，拥有节制一切来自家族内部其他武装的权力。由于家族中第二军团主将直江贵信病重不能参加会议，所以这项决议轻松通过，虽然苍之介压着一肚子火，却无力反驳。宇佐美早就告诉过他，只要能让贲担任第二军团主将一职，就还有保存实力的机会；如果当场翻脸和主公作对，将会把自己置于死地。

“好吧，第一军团主将已经任命，第二军团的任命也是当务之急，接着就任命第二军团主将吧。直江君病重，大家有什么人选的话，可以提议。”

休虎决定快刀斩乱麻，将第二军团控制住，这是此次会议他必须达到的目的。

“主公，第二军团主将之任命实乃重大之事，众人都需要考虑时间，不如先商量关于参谋的事情吧。”

永井在这个时候开口让休虎大为诧异，他想永井不会不明白他的用意吧。

“永井先生为什么这么着急呢?”休虎有些不高兴，趁大家不注意，给永井使了个眼色。但永井似乎没有注意，还是站了起来，向休虎鞠了一躬。

“在下永井决五郎年事已高，心有余而力不足，无法再担任家族参谋这一重任，因此决定辞去家族参谋一职。”

大家虽然知道家族参谋一职会随着新旧主公的更替而有所变动，却没想到永井会在这个时候突然辞职。这个为上杉家族效力三十年有余的得力老臣竟然突然辞职，让大家面面相觑。

“家族参谋一职非常重要，我有人选推荐给主公。”

“哦，永井先生何必急于在此时说这个呢?”

“主公，在下一切皆是为了上杉家族的将来着想。你需要一位正值盛年的精明人来辅佐你，这也是当务之急。”

“既然永井先生心中早有人选，但说无妨。”

“在下推荐宇佐美君，宇佐美戊辰。”

大家都看向身着黑色西装的宇佐美戊辰，他微低着头。当永井说到他的名字时，他猛地抬起头看向永井决五郎，心中百感交集。

“宇佐美君心思缜密，才干过人，且对家族忠贞不贰。不仅拥有雄厚财力，而且在政法两界有广阔人脉。并且，他从小在上杉家长大，对家族事务非常熟悉，相信他是接替在下的最佳人选。”

众人都点头称是，但都不敢发言表示赞同。因为宇佐美和直江家关系非常亲密，如若外面谣传是真，那主公怎么会任命直江家系的宇佐美担任参谋呢？

“宇佐美君的确是上上之选。他做家族参谋，我没有意见。既然你提出来了，那就先把这件事情定下来吧。我正式任命宇佐美戊辰为家族新任参谋，永井薪酬不改，为家族特别顾问。各位有异议吗？”

众人都点头表示赞成，宇佐美起身向主公及众人鞠躬。他眼中含泪，不是因为他终于成了家族的参谋，而是因为永井的决定。所有的人包括休虎都没看出来，这是永井和宇佐美之间缄默的约定。这是永井作为老师最后一次帮助宇佐美，此事一了，两人之间的情意将不复存在。

一生忠于上杉姓氏的永井，在自己参谋生涯结束的那一刻，却帮助直江家系的人当上了参谋，为上杉家可能的灾难埋下了一颗不定时炸弹！但他却不得不帮自己的学生一把，他选择了偏袒他的学生，这是一种致命的溺爱。永井太明白，把一切看得太透，所以他才会痛苦，因为这是他一生唯一盲目的决定。他无法预料这个决定将会导致的最终后果。

会议在下午五点结束，大家休息后，参加休虎准备的晚宴。当宇佐美终于摆脱恭贺他的人群，走到永井面前想说些表示感谢的话时，却喉头哽咽，不知说什么好。

“老师。”宇佐美只能从牙缝里挤出这两个字。而永井的眼神却是那样复杂，他甚至不去看宇佐美，只是抬头看向远处。

“宇佐美君，好自为之吧。”永井的声音低沉沙哑。宇佐美听到永井不再叫他“戊辰”，心中一片悲凉。他只是用力点头，一直到永井转身离开，他也没说出一句完整的话来。

休虎在永井准备离开时将他叫到了小型会客室。休虎靠着皮椅，亲自倒了两杯酒，递了一杯给永井。

“喝吧。”

永井接过酒，喝了一口。

休虎突然像头发怒的狮子一样一下子扑过去，抓住永井的领带，恶狠狠地盯着他。

“永井你这个混账东西！你是我信任的人，却在这种时候让我陷入被动。难道你不知道宇佐美会推荐直江家系的人担任武将吗？你让我怎么办？”

永井平静地说道：“主公不明白吗？他不会那样做的。宇佐美会推荐一个不属于任何家系的人，但绝不会推荐毛利或者直江家的家臣。”

“那又怎么样？你知道我的目的，你知道我想让休悟接替第二军团……”

“主公，没有人会服气休悟的。你是知道的吧？”

“那又怎样？我只要铲除第二军团……”

“那上杉家就完了！”

休虎放开永井，将斟好的酒一饮而尽，努力使自己的情绪平静下来。

“主公，你知道在这个时候无论是上杉家系的人还是直江家系的人都不能担任第二军团主将的职务。两种情况都将引起纷争。”

“怎么？让武田家派个人来当吗？”休虎用嘲弄的口吻对永井说。

“我知道主公心里明白，是有这个人选的。”

“你是说荒川贲吧？”

“是的，这是双方都可以接受的人选。说句实话，以现在的情况来看，无论是主公要一口吞掉第二军团，还是直江家系独立出去都是不可能的。现在只有荒川贲这个没有背景的年轻人适合出任此职。”

“哼，他连第二军团的部属有哪些都不清楚。直江家系又不止直江一家，多的是不把他放在眼里的人。那个新鸟怎么镇得住?”

“对啊，这不正是主公想要的吗?”

“妈的，荒川贲嘛……”休虎脸上闪过一丝笑意，他似乎觉得主动权又回到了自己手中。

第二天上午会议的主要内容，便是决定上杉家第二军团主将的人选。

会议一开始便陷入了沉默的氛围。每个人都会在这个时候想起死去的直江广赖——数年前就被看做第二军团主将接班人的注定人选，心里无不涌上一些心酸和顾虑。

“大家有合适人选的话，就说出来吧。”休虎扫视众人，点了支雪茄抽起来。宇佐美心中窃喜，同时犹豫着如何开口，他不得不佩服永井，真的是把一切都看透的神人。

“宇佐美君，你有什么意见吗?”

“嗯，在下确有一个人选。”

“但说无妨。”

“涩谷的荒川贲。”

众人一片哗然，大家都私下议论起来。在座的人甚至有根本就不认识荒川贲的，有些人只是有所耳闻。各县的代表几乎都不认识贲。

“贲虽是新鸟，但短短两三年便成了涩谷区负责人，被称为涩谷之王。他精明能干，是难得的人才，侠肝义胆、忠贞不贰更是现在的年轻人最缺少的。而且他旗下一帮兄弟都誓死效力。广赖君生前对他十分信任，端国主公亲自授意，举行仪式让他进入了上杉家族。他担任第二军团主将一职，必能团结众人，为上杉家注入新的活力，让家族生意更加兴隆，让家族实力更加壮大。”

“我是听说过涩谷之王荒川赉很厉害，和武田家对抗也不逊色，但他实在太年轻了呀。”

“他比第一军团的鬼小岛丰海大人只年轻几岁，同样是年轻有为，颇具将才的。”

“什么荒川赉？他只是新鸟，如何服众？”

“经验可以慢慢积累，忠诚和能力才是最重要的。他为广赖报仇的事你们也应该有所耳闻吧？如果谁有取武田家干将首级的能力也可以站出来，和荒川君切磋一二。”

“第二军团主将不是由直江家系的人担任吗？”一个不了解情况的人竟然说出这样的话来，其他人无不为他捏把冷汗。休虎的眼睛扫过去，那人感到不对劲，一句话也不敢再说了。

“现在家族利益高于一切，大家都是为上杉家做事，我们只有一个主公，我们效忠的是上杉家，军团的主将都是上杉家的人。此位能者居之，难道还要分什么家系吗？”宇佐美义正词严。

“没错，我也力荐荒川赉。”一直都一言不发的毛利苍之介忽然开口，大家都有些诧异。苍之介只顾兄弟义气，全然不知道这句话会让多疑的休虎更心生猜忌。

“既然没有更合适的人选，荒川也不为不可。”桃井及贵信早就交代过的几个直江家系的家老都相继发言，表示支持荒川赉，态度不冷不热。

“涩谷的荒川赉，有人反对吗？”

大家都看向休虎主公，等待他最后发话。

“那就暂定荒川赍吧。但毕竟他对军团管理太不熟悉，慢慢来吧，多给他些时间。荒川赍，我任命你为第二军团代理主将！”

赍从座位上站起来，向主公及众人鞠躬表示感谢。他身着得体的黑色西服，发丝整齐，面庞冷峻。对于他来说，这一刻就是出人头地了。他保持着惯有的冷静，心中却激动无比。

他，荒川赍，成了东京显赫家族的军团主将！成了一个家族中的第四号人物！他地位显贵，权力巨大，甚至可以决定他人生死！这一刻，他百感交集，但找遍所有的感觉，就是找不到高兴。

三年时间，成为东京黑帮头面人物，地下世界的天之骄子，简直就是平步青云。然而他心中残留的对纯洁的眷顾，无情地嘲笑他用鲜血和罪恶换来的巨大成功。他喝酒，抽雪茄，一掷千金，豪情万丈，举手投足间尽显黑帮大哥的气派，可那又怎样？你说呢，青伊，那又怎样……

荒川赍成为上杉家第二军团主将之后，地下世界议论纷纷。众所周知，虽然赍和他旗下战将都是狠角色，但这个年轻人坐到第二军团主将的位置，并不表示他已经进入了家族权力的中心。这只是上杉休虎的权宜之计，是上杉家的特殊情况造成的。由于上杉休虎自己在家族中的威望不够稳固，导致他不能在短时间内仅靠自己的力量消灭第二军团。他只能先架空第二军团的领导机构，然后从长计议。

也就是说，赍这个角色是个不稳定因素。看似他是上杉家系与直江家系都要争取的对象，其实没有背后势力的他，也被置于双重危险之中，最后导致他成了一个家族权力结构中的边缘人物。

赍当然有自知之明，他知道自己不过是家族政治斗争中的一颗棋子，但凡这种棋子都不会有什么好下场。这个时候唯有壮大自己的力量，建立以自己为核心的上杉家的第三股势力，方能求得一线生机。既然走到这一步，作为男子汉的他当然不能任由他人摆布了。

贲想了一夜。从现在自己的境况来看，第一，根据地有了，那就是涩谷。不过涩谷还有武田家的势力，只有完全驱逐武田家的势力，才能建立起稳固的地盘。第二，他旗下不缺猛将。饭盛丸和高梨雨是他的左膀右臂。第一军团虽能人众多，但能和大丸、雨匹敌的，恐怕也就两三个。贲缺的是像宇佐美这样的智囊，他曾经有桃井千左，可是桃井被害死了。第三，贲不缺盟友。宇佐美可以给他很大的帮助，还有毛利苍之介及桃井家族。想到这里，贲心中的复仇火焰再次燃烧起来。他一定要查出是谁害死了桃井！

那么要做的事情也很明确了。首先要做的两件事：其一，为桃井报仇；其二，驱逐涩谷的武田家势力，打下自己的地盘。

一个人证当然是不够的。大丸负责继续暗中调查休悟与桃井之死的关联。

“大丸，你有没有派人保护那个小工？”

“我叫他先回家，只和我单线联系，应该没问题吧。”

“不对，你马上给他打电话。”

大丸马上拨通了那个小工留的电话，却已经停机了。

“不好，停机了……”

“已经被灭口了。”

“妈的，都是我大意了！”

“不过也好，至少我们可以肯定这件事和上杉休悟有瓜葛。”

“难道说是休悟和武田家串谋？”

“很有可能，但我也想不通他为什么要除掉桃井。他和桃井无冤无仇啊。”

赍虽然对休悟有成见，但串通外敌是家族大忌，如果败露，即使休虎出面也救不了他，不过还是要掌握真凭实据的。可是，他为什么要那么做呢?

“难道是为了青伊……”大丸心里这样想，但他却不知道是否该告诉赍这一点。

“这么说的话，他嫉恨的不是桃井。桃井在外界眼中，扮演的是我们参谋的角色，除去他当然是削弱了我的实力，也就是削弱了第二军团的实力。难道休悟这么干是休虎默许了的?”

“赍，你担心太多了吧?还是我先查查再说吧。”

“也好。但一定要小心，不可鲁莽行事。”

要想扩张涩谷的势力，就必须拥有雄厚的资金支持。作为新鸟的赍在第二军团人脉狭窄，他唯一想到能在财力上给予他支持的，除了宇佐美没有其他人了。

赍隔日专程拜访了宇佐美。在赍的眼中，宇佐美是值得信赖的人，所以他没什么好对宇佐美隐瞒的。他告知了宇佐美自己的扩张意图。

“只有控制涩谷，才能树立起我在第二军团的威信。我了解自己现在的尴尬处境。”

“赍，处境尴尬固然让你觉得难堪，但如果急于出头，处境便会更危险。”

“我知道你的意思，可是不有所行动的话，如同坐以待毙呀。”

“那你需要我做点儿什么?”

“能否在财力上向我倾斜一些?”

“哦，我会想办法的。”

“还有一件事情，我觉得不应瞒着宇佐美大人。”

“但说无妨。”

“大丸查出上杉休悟与桃井千左的死有牵连，如今人证已被灭口。”

“这种事情会让你我陷入危险，你明白吗？荒川！”宇佐美忽然猛拍桌子。他一反平日的温和，让赉大吃一惊。

“对不起，我不明白。”

“我们效力于上杉家，上杉姓氏的人永远没有错，怀疑他们就是背叛。你明白吗？这会给你带来危险的！”

“抱歉，我没有想到这一点，我只是一心想为千左报仇……”

“你现在是第二军团的主将，你的一举一动都代表了整个军团的意志。你将会把我们都引入危险……大丸还在调查吗？”

“是，我吩咐他小心行事。”

“立即给他打电话，让他停止对休悟的暗中调查。你也必须停止这一切，忘记桃井的事！”

“可是……”

“没有可是，难道你想死无葬身之地吗？”

“抱歉……”

“赶快给饭盛打电话！他性格火暴，要是捅出什么娄子就大事不妙了！”

“好的。”赉立即掏出手机给大丸打电话，半天也没人接。

“他没接电话，可能有事吧。我等会儿再给他打。”

“嗯。荒川你记住，你可以想办法得到涩谷，但是你绝对不能碰上杉家的任何人。不然你会死，也会牵连到很多人。”宇佐美严肃地说。他脸色凝重，感到赉给他传达的信息如同致命的病毒一般可怕。

“是，我明白了。”

赉开车准备回涩谷。宇佐美的话让他忧心忡忡。他仿佛陷入了一个泥沼，无法看清，无法挣脱。他不安地开着车，心想大丸千万别出什么事，他努力宽慰自己，然而，心中的不安却无法消散。

开始塞车，贲的车刚好堵在了一家百货公司门口。贲再给大丸打电话，还是无人接听。似乎是有什么表演活动，百货公司门前搭起了露天的舞台，许多人围在四周观看表演。原来是一个和服的特别促销活动，身着各式精致和服的模特相继登台走秀，下面围观的人都拍手叫好。这样的表演大多是叫好不叫座。

忽然，一袭粉色樱花底纹烫金的传统和服映入贲的眼帘。模特用一把小巧的纸扇遮住脸，踩着小步走到前面，优雅端庄。贲看得出了神，所有关于青伊的记忆在此刻充满他的脑海：那动人的姿态，纯净的笑容，甜美的声音……

“我要买下它。”贲下车走了过去，这个时候手机却响了起来。或者更早的时候手机就响了，只是贲看得太入迷，完全没有听到。

他的目光从舞台移开，接起了电话。

“贲，不好了，大丸打伤了休悟！”

“什么？”

这个消息犹如晴天霹雳般让贲忽然惊醒。最不想发生的事情却偏偏发生了，这大概是绕也绕不过的命！

接到贲的命令，大丸没有拖延，决定再去休悟的公司碰碰运气。虽然说查到关于桃井受害信息的可能性很小，但查证休悟和浅井青伊的关系，也是大丸迫不及待要做的。

他像往常一样，在中午休息的时候一个人来到休悟的公司。这个时候公司的人比较少，大多外出吃饭，留在那里的人都在打牌休息。大丸进门看了看办公室剩下的人，大多他都不认识。这些新面孔想必是来换掉那些和大丸相熟的手下的，大丸多了份警惕。

“喂，你们老板在吗?”大丸扯着嗓门问。

正在打牌的一个人抬起头来瞥了他一眼，问道：“你谁呀?找休悟老板吗?”

“我是饭盛丸，不认识吗?你们这里的保安都归我管，你们老板没说吗?”

“什么饭盛丸，哪个部的?”另一个有刺青的大汉不屑地看了大丸一眼。

“他妈的，没大没小的。我是第二军团副将饭盛丸，劝你们放尊重点儿，不然别怪老子翻脸。”

“第二军团怎样?老子是鬼小岛大人的手下，我们接替了这里的保安工作。”

“你以为这里是哪里?这里是涩谷，荒川贲的地盘!”大丸有些动了火气，那边的人也停下了打牌。

“饭盛是吧？是荒川的人吗？你搞清楚了，你效力的是上杉家，不是你们的那个什么荒川。小鸡鸡长毛没啊?军团主将，笑死人了。”

“妈的!”大丸一把揪住了那人的衣领。

“别打别打，是误会!”这时，一个穿西装戴墨镜的男子冲了过来，将两人隔开。

“都是自己人，何必呢?”

“哟，原来是小包呀，我还以为休悟的人都换完了呢。”

来人是休悟的秘书小包，在这家公司工作了很长时间，是个无比厉害的皮条客。

“大丸，来也不说一声，万一搞出点儿意外，你要我怎么跟老板和荒川君交代呀?”

“怎么，防务被接管了，也不通知我一声?”

“我以为荒川大人知道的呀。在家族会议上不是决定东京所有防务都由第一军团接管吗？他们是鬼小岛大人的人。”

“喂，这里是涩谷，怎么能让第一军团的人接替防务？”

“哎哟，我说饭盛老大，你别为难我这些小的呀。这是上面的事情，你还是问荒川大人吧。”

大丸想起自己是来办正事的，这次不找点儿东西出来，一旦休悟公司的防务完全被鬼小岛的人接管，再来就难了。

“哦，算了。你们休悟老板呢？”

“老板他出门办事去了。”

大丸想：这不是天赐良机吗？

“那他什么时候回来？上个月的报表我还要拿回去交给荒川君呢，是休悟老板叫我今天过来取的。”

“大概休悟老板不会回公司了，要不你明天再来吧。”小包显出很为难的样子。那几个壮汉看也没什么事，哼哼两声又坐回去打牌了。

“哦，这很难办呀。我明天得去静冈办事，一周都不回来。荒川急着要呢。平时休悟都是把报表放桌上的，要不我就自己拿了走？”

“嗯……行吧，老板办公室的门没锁，你自己去拿吧。我还有事，得去处理。”

“那你忙，小包，改天一起喝酒啊。”

小包向办公室另一边走去，大丸故作镇定地溜进了休悟的办公室。

休悟的桌子上乱七八糟地放着一堆资料，包括各种黄色光碟和图片。大丸打架厉害，但对这种靠脑袋的事情实在不在行，根本不知道从何找起。这个时候他发现休悟的电脑没关。他向外张望了一下，那几个鬼小岛的手下还在那里打牌，根本没人注意他，于是他赶紧坐下，在休悟的电脑里翻找起来。

“对了，一定是隐藏文档啊。”

大丸将文件夹选项设置为可以看到隐藏文档。一个名为“MYH”的文件夹首先引起了大丸的注意。

“糟糕，加密的话就完了。”

当他小心翼翼地点入时竟然没有加密，里面是一堆和不同女优发生关系的照片，看得大丸目瞪口呆。

“妈的，变态……”

在这个文档中还隐藏着一个名为“GFH”的图片文件夹，当大丸打开时，里面的内容让他大脑一片空白。大丸简直不敢相信自己的眼睛，他完全愣在那里，不知道该如何继续下去。

“欢迎光临!”门突然打开，休悟站在办公室门口，笑眯眯地看着惊讶不已的大丸。

“在欣赏我的照片吗？还不错吧？”

大丸站起来，没有回答。他眼中的惊讶只是一闪而过，取而代之的是愤怒。他狠狠地看着面前这个衣冠禽兽，嘴角轻微地抽搐着，拳头捏得咯吱作响。他脖颈上的“无赦”两字已经诠释了他内心对面前这个猎物的定义——那是罪无可赦的人。

“你是在看我和浅井小同学的照片吗？哎呀呀，她还真是个尤物呢。不过你的荒川大哥不懂怜香惜玉呀……对了，还有件事不妨告诉你，桃井就是我动手脚做掉的。感谢可爱的桃井，为我带来百万的收益，哈哈……”

休悟见大丸一言不发，越发肆无忌惮了。他当然不知道盛怒的饭盛丸会做出怎样的行动。他以为身后站着人高马大的保镖自己便会平安无事，他以为站在面前的这个两眼冒火、身上刺着中国文字的小流氓仅仅是被困的一只小兽，只要他发出一个指令，对方便会束手就擒。以前很多次，在学校里，在游戏室里，在小钢珠店里，有很多不知好歹的家伙用这样的眼神看着自己，结果都被保镖打得满地找牙。他狂妄地以为，一切事情都在自己的掌控之中。

“禽兽!”

休悟听到饭盛丸从牙缝里挤出这两个字，然后那个疯子就到了自己面前。那一瞬间，他意识到大事不妙，伴随着一阵剧痛，鲜血朦胧了双眼。当饭盛丸一拳就把他打得头破血流时，上杉休悟终于意识到激怒他是多么愚蠢的行为。

保镖还来不及拔枪，已经被饭盛丸打翻在地。大丸只顾疯狂地冲向休悟，他手法快如闪电，阻挡他的人被轻易刺穿眼睛或扭断手臂。休悟满头是血，耳朵里嗡嗡作响，他只能依稀看到一个散发着怒气的身影步步逼近。他以为自己要死了，他会在这里被那个怪物、那个魔鬼撕得粉碎。恐惧和痛苦让他尖叫起来，他四处乱撞，想夺路而逃。他在黑帮家族中长大，身边不乏冷酷无情的角色，但他从没见过失去理智的像中邪一样的人。

休悟躲到写字台下面，像一只狗一样趴在那里瑟瑟发抖。他绝望地口齿不清地哭喊着，他恨自己生在这样一个可怕的世界，他恨自己是自己，是上杉休悟这个混账家伙。

夺路而逃的小包报了警。最后警察用麻醉针放倒了丧失理智的饭盛丸，并从桌子下面拉出了吓得痴呆了的上杉休悟。

“太恐怖了！我从来没有看到过身手那么快而且那么凶残的人。我只是想抽出枪，手指就被捏断在了扳机扣里……”

“我拿的……我拿的是棍子吧？对，我是抄起了棍子，也打了下去，使出全力……对，连吃奶的劲儿都用上了，然后我发现敲的是一块钢板。接着我吃了一拳，被打到喉咙，然后我就晕了过去……”

“他们说休悟老板吓得尿了裤子。好笑吗？如果你在现场的话，看到饭盛丸那样子，你他妈一样尿裤子……”

经历过那次事件的保镖没有一个愿意再留在上杉家。他们都是第一军团的小喽啰；他们只想挣几个小钱，逞逞威风；他们没有经历过生死之事；他们没有“战”的觉悟。所以，他们害怕了。

涩谷地下世界的风云人物饭盛丸被警方逮捕。上杉家二公子上杉休悟被送进医院，伤势虽无大碍，但因受到过度惊吓，神志不清。

上杉休虎接到消息后勃然大怒。他可不想看到警方介入此事，那样会对上杉家有很坏的影响。幸好那边只是区域的警察，短时间内还能够控制。他立即命令宇佐美戊辰利用警司内部人脉，不惜重金保释出这次事件中牵连的当事人，包括饭盛丸。

宇佐美打点完之后回到了上杉休虎的办公室。这时永井和鬼小岛也到了。休虎阴着脸坐在那里发愣，一副怒气未消的样子。

“刚刚升了军团主将，连自己的手下都管不了啦?”

休虎看也不看忐忑不安的宇佐美，只是阴阳怪气地说出这么一句话来。其余三人也不知道该接什么话，只有鬼小岛冷笑了一声。而永井不动声色，喝着淡茶。

“主公，此事如何处理?”鬼小岛看休虎半天不说话，开口询问。

“如何处理？家里事就按家里的规矩处理。先把饭盛丸收押!”

休虎手一挥，示意众人出去。他阴沉着脸坐回到皮沙发上，脑袋里乱哄哄的。第二军团一个无名无分的副将竟然敢对上杉家二公子做出这样的事来，简直是荒唐至极。他觉得家族的权威已经受到了挑战，家族的尊严遭到了践踏！他必须整治饭盛丸，杀鸡儆猴。转念一想，那个不争气的上杉休悟，竟然大胆到私通外敌，对付自己家族中的人，简直是愚昧至极！这件事虽然没有证据，但传出去必定会动摇家族意志，本来危机四伏的上杉家便会更加风雨飘摇……

“得尽快做了饭盛丸，不能让消息传出去……”休虎一拍腿，立即给宇佐美打电话，却是占线。这个时候有人敲门。

放在他抽屉里的另一部手机响了，他先接听电话。

“嗯。怎么样？有什么消息？”休虎听到来人的声音，眯缝着眼轻声问。

“是吗？他妈的，宇佐美，他果然在支持着涩谷啊。好了，我知道了。别暴露了，懂吗？有消息随时报告。”休虎接完电话恨得牙痒痒，他在心里早已给荒川和宇佐美等人记上了一笔。

宇佐美一出来立即找了个没人的地方给荒川打电话。

“荒川。”

“是我，宇佐美君请讲。”赍的声音十分焦急。

“马上把休悟跟武田家有染的消息宣扬出去！虽说家丑不可外扬，但这是唯一能救大丸的方法了。”

“好，我立即去办！”

挂断电话，宇佐美忽然感到一丝后悔。他意识到自己这是在和上杉家作对，他意识到这将给他带来危险。但话已经说了，现在再后悔又能怎么样呢？他打心底喜欢荒川赍和饭盛丸这两个孩子，他们让他联想到十多年前的上杉休虎和直江广赖。他希望时间能证明自己的推测：荒川赍和饭盛丸的友谊是真正经得起荣华富贵、生离死别考验的。他希望这两个孩子能消除广赖的悲剧在他心中留下的遗憾和创痛，告慰直江两父子的在天之灵。

手机突然响了起来，是休虎主公的号码。

“喂，在下宇佐美，主公有何吩咐？”

“给我立即封锁关于休悟的任何消息。”

“是……但万一……”

“万一什么?”

“万一有谣传的话……”

“哼，宇佐美参谋大人，你给我看着办吧!”休虎挂断了电话。

宇佐美闭上眼睛，额头上都是冷汗，心想：宇佐美，你怕了吗?走上这条不归路，你现在才知道害怕吗?

他自嘲地笑笑，想使自己镇定下来，却一步一个踉跄。

赍把涩谷所有的生意都交给了高梨雨，天天守在宇佐美那里等消息。他整夜整夜不能合眼，只有威士忌和香烟陪他熬着时间。一直到大丸被保释出来，他才算松了口气。成天忙着疏通关系的宇佐美同样是心力交瘁。静下来时，两个人相顾无言。

在争取饭盛丸保释的同时，关于休悟和武田家有染，甚至谋害桃井千左的传言已传遍地下世界，更有人抖出了所谓休悟杀人灭口的证据。一时间上杉家的信任危机加剧，区域老板和外地的负责人、合伙人及附属家族纷纷来电质问此事。饭盛丸是为上杉家清理门户的言论也不胫而走。休虎恨得咬牙切齿，在此刻却不敢轻举妄动——做掉饭盛丸，必然会引起更大的骚动。那时局面不可收拾，武田家很可能乘虚而入。

休虎命令将刚刚得以保释的大丸立即收押，此事由鬼小岛部全权负责，而第二军团当然不会答应，荒川部与鬼小岛部再起摩擦。

第一军团派来的人称他们负责上杉家在东京地区的所有防务，所以在主公处理饭盛丸之前，他应该由第一军团看管，而这当然遭到荒川的拒绝。两拨人在大丸家附近对峙起来，剑拔弩张。

“我说荒川大人，这是上杉家的规矩，也是主公的命令。你不是想抗命吧?”雨越下越大，天仿佛是要塌下来般黑沉沉的。第一军团副将神藤卫希拨开为他撑伞的手下走到赍的面前，眼神里充满挑衅。

“神藤君，饭盛丸是我的手下，岂有让你看押的道理？出了什么岔子我自会去给主公交代，我劝你别在我的地盘上耀武扬威。”荒川赍冷冷地看着神藤卫希。他知道饭盛丸如果落到第一军团手里，必然凶多吉少，不死也得被折磨掉半条命，这个时候无论如何都不能退让。赍甚至做好了一战的准备，腰间的“孔雀王”随时可出鞘封喉。

“知道，知道，涩谷之王嘛。不过怎么感觉你的位置岌岌可危呢？哈哈。”涩谷毕竟是荒川的地盘，神藤卫希忌惮荒川的武力，怕翻脸了，动起手来自己吃亏。他只能冷嘲热讽，不敢轻举妄动。

赍强压怒火，等待宇佐美说通主公。与此同时，宇佐美赶到了上杉府邸，请求休虎出于平服家臣情绪的考虑，允许在提出处理方案之前将饭盛丸收押在涩谷。

“主公，如果这个时候内讧，后果不堪设想。”

“饭盛丸由鬼小岛部看押是我的命令。怎么？你他妈的要和荒川联合着抗命吗？”休虎怒火中烧，猛拍桌子，恨不得一口把人给吞了似的。

宇佐美扑通跪倒在地，头伏在地上说道：“主公，我和荒川岂敢抗命！但荒川和饭盛本来无依无靠，幸与直江广赖及桃井千左结缘，成为兄弟，共同效力上杉家。广赖和千左相继遭人毒手，而其中又有颇多误会。荒川赍他们少年气盛，难免犯错，请主公体谅啊！”

到了这个时候，行事谨慎的宇佐美也不管会不会引来杀身之祸了，一下子点出休虎的痛处，想迫使他将饭盛丸留在涩谷，得以拖延时间。

休虎脸色阴郁，他知道自己怎么说都有理亏之处。他瞪着眼沉默不语，深深的厌恶让他甚至不想再多看一眼面前这个油嘴滑舌的中年人。

“主公，十万火急啊，快下命令吧！不然神藤会和荒川他们起冲突的……”

“是你在对我下命令吧?”休虎冷不丁的一句话，惊得宇佐美一身冷汗。

“你退下吧。”

休虎想了一下，这个时候要是和荒川等人摊牌，武田家一定会借此反扑，自己就会尽失在家族中的威望，家族将就此崩塌。此刻只能做出让步，等以后再做打算。

他拿起电话，对鬼小岛下达了撤退的命令。

外面的雨还在噼里啪啦下个不停。折腾了一夜，贲筋疲力尽，他到现在都还没和大丸说上一句话。他把手下叫退，走进了大丸的房间。大丸坐在床上抽烟，身上的淤青还没有消，脸上还有两三道血痕。

“贲。”大丸看见贲走进来，便将手中的烟掐灭。

贲没有说话，从烟盒里抽出一支烟扔进嘴里，又把手伸进口袋里摸打火机，才想起打火机放在了脱下的外套口袋里。

大丸将自己的打火机打着，凑过去说：“我给你点吧。”

贲抬起头看了大丸一眼，那种复杂的眼神中所带的一丝冷漠让大丸感到吃惊。更让他吃惊的是贲突然打掉了他手中的打火机，一个耳光扇在他脸上。

“休悟害死了桃井！”大丸跳起来，抵着贲的鼻子失控地咆哮着，贲反手将大丸的脖子卡住。

“那又怎样？啊？那又怎样？”

“怎样？我们怎么能不为自己的兄弟报仇？”

“你知不知道这样会害死你，害死我，害死我们大家？你知不知道这样会失去一切？啊？你知不知道？我他妈跟你说的话你都当耳边风吗？”

“那又怎样？你不是一直说你是男子汉吗？男子汉不是要有所担当吗？”

“担当？我是第二军团主将，我要你担当个屁！”

“那些那么重要吗？那些狗屁东西那么重要吗？你问问你自己活得快乐吗？你活得那样提心吊胆，快乐吗？那是我们要的生活吗？”

“你愚蠢！白痴！你现在来跟我说生活，那最开始你就不该跟着我混家族，跟着我来这狗屁东京！”

“在你走后，休悟上了浅井青伊，那个你自以为最纯洁的女孩！”

两个人的咆哮戛然而止，他们喘着粗气对视着。贲的眼神从愤怒转为震惊，从震惊转为漠然。他用漠然掩饰锥心的伤痛。

贲转身，走到门口。身后的大丸一脚踢飞了他身边的椅子，他流下了眼泪，他第一次在贲的面前流泪。他想忍住泪水，但是没用。

“你变了，你不再是以前的荒川贲了！”大丸像个孩子一样哭泣着，贲心如刀割。他想过去抱抱自己相依为命的好兄弟，对他说没关系，什么都没关系，天塌下来兄弟一起扛。他很想那样做，但他却一言不发，默默关上了门。

贲驾着车在东京街头瞎逛，绚烂的霓虹更衬托出他的落寞。他的脸上写满茫然，他从未像现在这般迷茫过。母亲去世的时候没有，初到东京的时候没有，广赖被害的时候没有。也许什么困难他都可以扛过去，但唯独不能失去青伊。他想去问个明白，他想知道原因，可失去挚爱的挫败感让他心灰意冷。

也许是他错了，他可爱的浅井青伊只是留在了秋田，留在了一起放学回家的夕阳小路上。他和他的青伊，从未在东京相遇过！在这个繁华又荒凉的城市，发生的一切都只是一场梦而已。

东京让人失去灵魂、迷失方向，就连记忆也会蒙上厚厚的灰尘，变得模糊不清，变得似是而非。

贲将自己灌得烂醉，他不知道自己是怎么回到家里的。当他迷迷糊糊看到放在床头的那个盛满儿时青涩记忆的糖果玻璃瓶时，眼泪再也无法忍住。

上杉休虎当然想杀饭盛丸，但此时此刻陷入被动的他却不能那样做。他的命令翌日下达，将涩谷区荒川部第二军团副将饭盛丸截指，并逐出上杉家家将行列。

这是宇佐美和荒川等人所预计的最好结果了。鬼小岛丰海作为监刑人监督截指过程。

“用孔雀王吧。”宇佐美拍拍贲的肩膀。这种古老的日本黑帮家族习俗让无数有过错的成员失去了自己的手指。这种惩罚一直从武士时代沿袭至今，但很少有人知道这个残酷刑法的真正意义。

贲抽出孔雀王，用干净的白布小心擦拭，然后递给大丸。大丸显得异常淡定。男子汉就是要对自己的行为负责，他从没后悔过。贲表情复杂，他对大丸点点头，便转身走了出去。

大丸咬紧牙关，毫不犹豫地一刀斩下了自己的左手小指。钻心的疼痛让他面目扭曲，但他一声不吭。鬼小岛丰海将断指装进了事先准备好的小布袋中。

桌上的鲜血染红了擦拭孔雀王的白布，站在宇佐美身边的手下马上上前为大丸包扎。

等包扎完毕之后，贲端着两杯威士忌坐到大丸身旁。他看着面无血色的大丸，心如刀绞。他愧疚，是他没有履行自己对饭盛伯伯的承诺，没有保护好大丸，他辜负了无瑕的兄弟情谊。他勉强露出一个笑容，将酒一饮而尽。

大丸接过赍手上的杯子，将酒喝下。

“大丸，对不起。”

“从离开秋田的那一刻起，我就没后悔过。”

“是我没有保护好你。”

“赍，我们还能做什么呢？这个世界不是掌控在我们手中的。有些东西，像你说的，是命。”

“呵，是啊。”赍这几天都没有刮过胡子，显得异常憔悴。

“青伊的事……我不知道该怎么说。”

赍一把抱住大丸，说：“兄弟才是一辈子的！”

“赍，我知道你难受。也许青伊有什么难言之隐也说不定，也许并不是我看到的那样。”

“我们都长大了，人长大了，是会变的。”赍心里当然希望不是大丸看到的那样，但他的语气却十分悲哀。

两人默默不语。赍一个下午都陪着大丸，抽烟，也喝了两杯酒。

“你现在不能在涩谷待下去了。事情平息之前，你多在外面待着，干脆先去跟着米叔跑船吧，我已经和米叔说好了。你看怎么样？”

“妈的，还有什么办法呢？不过说不定这是条退路，万一哪天用得着呢。”

“嗯。报仇的事，放放好吗？”

“我知道，我不会毁了你辛苦拼来的一切。”

“不，兄弟，是我们一起拼来的。”

赍和大丸做好了打算。两人喝了会儿酒，吃了些东西，赍就离开了大丸的住处。他特地安排了保镖负责大丸的安全，毕竟还是非常时期。

一个月后，大丸的伤好得差不多了。他开始跟着米叔跑船，负责向日本输入毒品和向泰国输出汽车的走私贸易。

这样，昔日强大的涩谷荒川军团只剩下了荒川贲和高梨雨两人，实力大为削弱。休悟事件后宇佐美必须回避，他也隐隐察觉到暗中有人在给休虎透露消息，在查出内鬼之前，他无法再大张旗鼓地给予涩谷方面财力支持。荒川贲陷入空前困境，青伊的无情离开也让他无法振奋，整个荒川军团气氛低迷。

武田家的横田甫二虎视眈眈，积极扩张；而来自上杉家内部的压力又让贲根本无法放开手脚。这个所谓的第二军团主将完全处于架空状态，一没财力，二没人力，驱逐武田家根本就是无稽之谈了。

一筹莫展的贲约在衫并的毛利苍之介过来喝酒。两个人都是一脸愁容，在一家小酒馆里对坐着喝闷酒。音响里是传统民谣忧伤的旋律，更衬托出两人郁闷的心情。

“休虎主公看来对你已经有成见了呢。”

“他对第二军团的人都有成见，这是他自己心里有鬼。”

“贲，现在只能等，我们必须得有耐心。你一有动作，休虎会立即做掉你的。”

“别替我担心了，你比我好不到哪里去。”

“是吗？你看我不是也没动作嘛。”苍之介自嘲地笑笑。

“大丸还好吗？”

“已经跟着米伯出海了。我看那小子更适合自由自在的海贼生活啊，家族的条条款款，钩心斗角，太让他难受了。”

“是吗？他少了根手指，倒多出一大段轻松的时光啊。而你却在涩谷愁眉不展。”

“现在横田甫二蹬鼻子上脸，大肆在我的地盘扩张。我没了你，大丸又走了，一个人应付起来实在太艰难。再加上宇佐美成了家族参谋之后，身份尷尬，不便给予我财力支持。这样下去，涩谷恐怕守不住啊。”

“前段时间还雄心壮志地要建立起强大的荒川军团，重振第二军团雄风呢，现在怎么感觉确实朝不保夕啊？唉，现在不止我苍之介，包括你也成了休虎的心病。真是的，上杉家族最好的时光一去不复返了啊。”

荒川赍忽然脸色一变，压低声音说出了心里的构想：“妈的，势弱势强总之是个命悬一线。既然你我都不愿意走上广赖的路，我准备整合在东京的第二军团力量，加上宇佐美为内应，再拉拢爱知的桃井部、静冈的直江旧部，把生意独立出上杉家，建立起自己的家族，和上杉、武田对抗。”

“你以为是玩三国游戏呢？你这是在玩命。你要是这样做的话，必死无疑。”

“苍之介，休虎主公现在沉得住气，是因为有多方掣肘，一旦条件成熟一定会铲除我们的。你以为我们有可能苟且偷生吗？以休虎的性格，必定会斩草除根，到时候你死都不知道怎么死的。”

“你以为我不明白吗？但我们毕竟是上杉家的家将，做这种事不仁不义啊！”

“不仁不义的是上杉家吧？直江家两父子效命于上杉家多少年，出了多少力流了多少血，共同打下的地盘有多少，你比我更清楚吧。你再看看他们的下场。上杉休虎是那种讲仁义的东西吗？”

“就算是这样，就算你我有心独立，但我们也没那个实力啊。人力且不说，光是财力就差了一大截。拉不起架势，到时候会死得很惨的。”

“除了宇佐美，没人帮得了我们了。”

两人接着喝酒。曾经的一群兄弟都不在了，只剩两人的冷清，想来的确叫人寒心。

“贲，在秋田的时候我就知道你以后会有一番作为，既然我们有了这份情谊，无论你做什么决定，我都铁了心跟你干了。”

临别时，苍之介对贲说了这句话。贲拍拍苍之介的肩膀，上了车。

半夜的时候，休虎又从噩梦中惊醒，身旁叫不出名字的漂亮女人睡得很香。他瞥了一眼，坐起来，披上睡衣，用扔在沙发上的浴巾擦擦汗水，然后走到小桌边给自己斟了一杯白兰地。外面还在下着小雨，这样的雨一下就是几天几夜，让人心烦。

休虎把酒喝下，觉得身体暖和了一些，一想到涩谷那边的事情，他开始焦虑起来。

从小到大，因为年龄差距和性格差异，他和休悟的感情并不算深厚，但休悟毕竟是自己的亲弟弟。现在出现这种事情，作为家主的他颜面何存？荒川作为第二军团主将的确是有名无实，但自己既然把这个位置给他，就得在台面上做足文章。现在想来，当时一念之差起用了第二军团的人，完全是搬起石头砸自己的脚。

如今荒川羽翼未丰，已给他造成了这样大的麻烦，等到以后他在涩谷站稳脚跟，实力强大起来，一旦和直江家系的部属联合，再加一个宇佐美，那就不是眼下的形势了。

休虎的担心日益加重，但现在又不能自己动手除掉荒川势力，让他终日烦恼不已。那个宇佐美堂而皇之地在自己面前走来晃去，更成了休虎的眼中钉。他有些埋怨永井，虽说是架空了荒川，并且把宇佐美控制在了自己的身边，但自己不是也在宇佐美的眼皮之下吗？一举一动宇佐美都可以观察到，说不定自己在涩谷的眼线都会被查出来。

必须得想个好办法动手才是，要是当时饭盛丸真的杀了休悟就好了。

休虎后背一凉，他被自己无意间冒出的念头惊出一身冷汗。休悟可是自己的亲弟弟啊，自己难道真的成了一个魔鬼吗？混账，在想些什么啊。

休虎抓起酒瓶一通猛灌，喉咙似乎要燃烧起来，全身也火辣辣的，他才觉得好受了些。他又躺回去睡了一会儿，一通噩梦之后，在破晓的时刻又醒了过来，他再也睡不着了。

他看看时间，想永井都有早起的习惯，差不多也快醒了，便打了个电话过去。

"喂，永井吗？我休虎。"

"哦，主公。"永井像是知道休虎会打电话来似的，声音听上去并没有迷糊的感觉。

"没打扰你休息吧？"

"没有，我已经起来了。主公这个时候来电话，所为何事？"

"现在涩谷那边出了那么大的事情，你还真稳得住啊。你总得过来一趟吧。"

"在下已经不是参谋了呀。"

"你是在跟我装糊涂吗？你是我的顾问，你忘了吗？"

"主公，实不相瞒，有人跟我接触了……"

"什么意思？"

"武田家。"

"妈的，怎么又是武田家……你过来说吧。"

一个小时后，永井赶到了上杉府邸。休虎已经用过早餐，坐在客厅等他了。

“主公。”

“嗯，来了，去书房说吧。”

两人来到书房。休虎把用人都叫退，关上了门。

“喝点儿茶。”

“哦，多谢。”

休虎把泡好的浓茶端一杯给永井，然后坐在了永井对面的沙发上。

“武田家跟你说了什么？”

“是关于主公现在的一块心病。”

“是说荒川吗？”

“武田强人想和主公做笔生意，但要单独和您密谈。”

休虎一边喝茶一边思考着。将茶喝完后，他微微颔首。

“好吧，你安排一下，越少人知道越好。”

密谈的地点被安排在了银座的一家男性私人会所里。对方交换了人质之后，上杉休虎只身前往。

房间里只有武田强人和上杉休虎两人，灯光昏暗。休虎有些紧张，他将脸转进阴影里，眼睛转动着，猜想着强人会有什么样的阴谋。

“上杉君，现在只有我们两个人，我就开门见山地说了。”

“但说无妨。”

“按说我不应该过问你的家事，但似乎你的家族出了点儿比较棘手的问题，我可以帮你铲除你的眼中钉，肉中刺，就像……就像当时做掉广赖和桃井时一样。”

休虎面部有些扭曲，而且他不停地搓着双手。

“荒川贲很年轻，但有野心，但凡有野心的人都是不容小觑的人物。他拥有精明的头脑、超强的学习能力和残忍利落的手段，最重要的是，他有绝对不亚于你的凝聚力和信誉。他是你不得不除掉的人。”

“不，你错了，他是我的得力干将。”休虎的掩饰显得很刻意。从直江广赖被杀害的那天起，外界都知道休虎对整个第二军团都放心不下。

“一个志向高远的人怎么会甘于寄人篱下呢？黑帮的法则不存在绝对的忠诚。那是令人心酸的家族条令，是可悲的武士信条，是自欺欺人的愚蠢信念。新的时代自有新时代的生存之道。上杉君，这点儿觉悟你还是应该有的吧？”

“那又怎样？”

“荒川在一天，你就会不安一天。他有毛利苍之介为代表的直江家系的支持，还有宇佐美的财力支持，最可怕的是他还有饭盛丸等忠贞不贰的悍将。虽然这些都没有怎么表现出来，你怎么就敢说他没有谋反的一天？他已经有了谋反的条件及理由！”

“你什么意思？”

“若要人不知，除非己莫为！我可爱的上杉君，你以为全世界的人都是瞎子和聋子吗？”强人的言辞咄咄逼人，眼神更是锐利，看得休虎毛骨悚然。

“哼，如果你今天来就是跟我说这个的话，就是自讨没趣了。这样的调唆对我可起不了作用。”休虎的额头已布满汗水，但他当然得死不认账。

“是吗？一个有仇必报的人，怎么会在知道广赖和桃井都是被你害死的时候，还死心塌地跟着你这个阴险的人呢？”强人不屑地看了休虎一眼。

“混账！”休虎愤怒了，他被点中了死穴，他深知这轮谈判自己已经处于下风。他后悔同意这次密谈，但不谈的话，武田家仍然可以挑起他和荒川之间的内讧，因为他的心里早就有鬼了。

“上杉君不要生气嘛。你应该知道紧紧握住上杉家的大权比什么都重要的道理吧?”强人看火候够了，放缓了语气，为休虎斟了一杯酒。

“你有什么话就直说吧。”

“你是踩在你弟兄的尸体上坐上了家主之位，这其中武田家的帮助绝对不小，但你没有给我武田强人等值的回报，对吧？这一次应该做公平的交易了。”

“怎么做?”休虎咬着牙问道，他已束手无策了。

“我拟定了一份暗杀名单，包括荒川赍、饭盛丸、高梨雨和毛利苍之介。对，还有宇佐美！由我的人将他们暗杀，当然，信息需要你们提供。这样，上杉家就没有能威胁你地位的人了。”

“条件?”

“条件就是上杉家退出东京地区。”

“不可能!”休虎双拳捶向桌子，他像发疯了的豹子般急红了眼。

“别激动，咱们可以商量嘛。上杉家的生意遍布全国各地，不仅在关东地区拥有雄厚实力，在关西亦然，甚至触角早延伸至九州和冲绳。又何必在这个小小的东京都跟我争个头破血流，而放着其他辽阔的地盘不管不顾呢?”

“武田君很了解上杉家嘛。”

“静冈和秋田都是直江家的地盘，直江家必然会从上杉家独立出去，爱知的桃井家也很可能追随。这样上杉家的实力便会大打折扣，自然就失去了和我武田强人抗衡的能力。他们独立出去最好不过，但要是跟涩谷的荒川联合，壮大起来，绝对是一支不可小觑的力量。一不小心，他们查出上杉君的一点点私心，决定报仇雪恨，到时候一呼百应，上杉家各族及附属家族全部投奔荒川部和直江家的联盟，你就等着死无葬身之地吧。”

休虎被强人一席话，说得无言以对，只是愣愣地看着桌面。强人的话不无道理，一拖再拖，情势总会走向无法控制的地步。

“亲爱的上杉君，我知道你在东京有很多生意。我会让出除了关东地区外日本其他任何地区的走私贸易，北海道卖鱼你都可以去垄断，并且再加五千万美金的议和费。这绝对是公平的交易。”

“容我……容我想想。”休虎觉得脑子乱极了。他觉得谁都不可信，谁都会背叛他，说不定自己某天就会死在哪个睡在身边的女人的刀下。

“上杉君，有什么好考虑的呢？要等到荒川打出为直江广赖和桃井千左报仇旗号的时候吗？”

休虎说不出一句话，他知道自己的把柄落在了武田强人的手里。这个阴险的男人的确是什么事情都做得出来的，他的计谋也的确是厉害。休虎只是靠牺牲自己的部属赢得家主之位，而强人却靠着牺牲几个部属控霸整个东京。

难道数十年的经营，五年的争霸，就是这个结局吗？真的要放弃吗？

“上杉君，其实一开始你就该知道，你没的选。因为你不懂什么叫赶尽杀绝，你给大家留下了太多机会。”强人哈哈大笑起来，端起桌上的酒一饮而尽。

休虎下楼的时候永井和鬼小岛已经焦急不堪，看到休虎出来总算安心下来。

在休虎的劳斯莱斯上，他和永井阴沉着脸对坐着。

“主公，还好吗？”

“永井你什么都看透了，那么最坏的事情就要发生了，你料到了吗?”

永井沉默不语，他悲伤地低下头。

“该发生的就让它发生吧。”

两个月出海了三次，大丸对自己现在的生活感到很满意。他赤裸着身子站在甲板上，眼前是一望无际的大海，海天之间，一片湛蓝。海风拍打着他的身体，耳边是水手的歌声。这份豪迈情怀可不亚于在涩谷打打杀杀的日子。

唯一不好的地方就是很久都见不到赉和夕子，那份思念折磨得他很难受。跑船的生活是孤独的，大丸最受不了的就是孤独寂寞。虽说这样的生活磨炼了他的意志，但毕竟他还是个留恋人间烟火的年轻人，所以一回来，当然就是跟大家泡在一起，夜夜笙歌了。

大丸皮肤晒得很黑，比在东京的时候看起来健康得多。夕子眼看也要毕业了，小别胜新婚，大丸一回来，两人就终日形影不离，甜蜜相依。

夕子缠着大丸讲他在泰国的见闻，出海遇到的新鲜事，又拷问他在泰国有没有招惹漂亮女孩子。

“泰国哪里有什么漂亮女孩子嘛，只有人妖啦，不过人妖真的很漂亮啊!”

“好啊，你个破丸子，没想到你喜欢人妖!”

“怎么会啦? 一听到声音马上就想吐!”

两个人疯闹一阵后，大丸赤身裸体地跳下床，从柜子里取出一个盒子。

“夕子，这是送给你的。”

“榴莲?”

“不是，看下。”

夕子打开盒子，里面是一条香奈儿的黑色长裙。

“哇，太漂亮了！干吗给我买这么贵重的礼物啊？”

“因为……那个……我爱你。”

夕子扑到大丸怀里，两个人甜蜜地亲吻起来。

“晚上约了贲吃饭，时间差不多了，我该去换衣服了，你也把这条裙子换上吧。”

“干吗要穿这么漂亮的裙子？只是和贲一起吃饭而已啊。”

“哎哟，因为是去香奈儿的法式餐厅啊。妈的，那种洋气的餐厅我也是第一次去呢，所以想让你穿个配套的衣服嘛。”

“白痴！”

“快啦，听话。”

“那亲一下。”

“亲什么，时间不够了。”

“快亲啦！”

“我在找我的领带呢。跑船这么久，好久没打过领带了。”

“快啦，死丸子！”

“好，好，亲！”

两人换好衣服，开车前往银座。在香奈儿旗舰店的十楼法式餐厅，荒川贲已经先到了，看到大丸过来，他便让侍应生推出了准备好的生日蛋糕。

“大丸，生日快乐！”贲走上前和大丸拥抱，而旁边的夕子傻乎乎地看看大丸，又看看生日蛋糕，吃惊不已。因为大丸从没告诉过她自己的生日是几月几号，无论她怎么拷问。

“还不跟我说生日快乐！”大丸转头对夕子嘟嘟嘴，俏皮地笑了。

“你干吗不告诉我？”

“因为我想给你一个惊喜啊。生日是每个人每年最开心的日子，看到你惊喜的样子，我就会更开心啊。”

“但是人家也想给你准备生日礼物，看到你惊喜的样子啊。”

大丸上前抱紧夕子说：“你就是我这辈子最好的礼物，没有什么惊喜能超过你出现在我的生命里。”夕子的眼泪夺眶而出。

“妈的，这小子什么时候成诗人了。国文不及格的家伙，竟然能这么肉麻。”赍摇摇头，示意侍应生上菜。

这家法式餐厅的菜肴的确精致可口。

“这可是香奈儿和米其林六星厨师艾伦·杜卡斯合作的餐厅，‘美丽，新鲜，简单’是杜卡斯的烹调哲学，我想人生也是如此吧。”赍边用餐边介绍起这家开业不久的名店。

“赍，你怎么知道这么多？”夕子好奇地问。

“哦，都是青伊告诉我的。”话音一落，赍的情绪瞬间低落下去。他发现，在这个城市里，到处都充满了青伊的气息。青伊让他认识了这个城市，让他对东京从陌生到熟悉，而现在也是因为青伊，让他从那种浓烈的熟悉中感到了凄凉的陌生。

吃晚饭后，赍当然不愿意当电灯泡，便和大丸、夕子分开了。

时间尚早，他也不知道该去哪里，只能又融入人群，在银座散步。不知不觉，便走到了那家叫 CAFE PAULISTA 的咖啡馆，他进去找了个无人的角落坐下。他想起浅井青伊在这里告诉他，约翰·列侬和小野洋子对这家店情有独钟。而如今，他却只身一人坐在这里。他点了一杯咖啡，却不爱喝，只是看着，看得心碎。北原白秋的诗里说：“这杯轻柔的咖啡是谁喝的？紫色的叹息，缓缓地被吞没。”大概此刻独自神伤的赍，就是带着这样的心情来喝这杯咖啡的吧。

他不知道，当他盯着咖啡杯出神时，门外的青伊正用无奈而忧伤的眼神看着他。最后她还是离开了，悄无声息，就像从来没有出现过。

贲离开后，剩下了大丸和夕子两个人，他们一时也不知道该去哪里好。

“要不，去上野恩赐公园吧。散散步，呼吸下新鲜的空气，再回家吧。”

大丸想想也不错，便开车到了上野恩赐公园。

像每次来这里一样，当散步到西乡隆盛的雕塑面前时，大丸都要驻足良久。

“不知道为什么，每次看到这尊雕像，心情就会莫名沉重起来。”大丸挠挠头，抬头看着雕像。

“丸子，你想太多了吧。”

“也许吧。”

“丸子，虽然我并不在乎你的职业，但是希望你能安全，不再受到伤害。想办法做更安稳的事情吧，哪怕过得没有那么富有和风光，也无所谓啊。”

“夕子，有些事情是身不由己的。”

迎着晚风，两人牵着手在公园里漫步。

“虽然说出这样的话有些冒失，但真的想和饭盛君结婚呢。”

“结婚……”

饭盛丸听到夕子这突如其来的话，心里五味杂陈。他知道自己是深爱夕子的，这个女孩也就是他命中注定的那个人吧。现在他被逐出了上杉家，正是带着夕子远走高飞的时候。可是他就这样丢下自己的兄弟不管吗？曾经一起来到东京打拼，生死相依，怎么能自己一个人离开呢？可是好不容易坐到第二军团主将位置上的贲，当然希望继续书写自己的传奇，怎么可能在此刻甘心放弃呢？他不知道自己已经身处险境，只想着变得更加强大，而且贲受到来自青伊的打击，这个时候，自己更不能离开贲呀。

“丸子，难道你不想娶我吗？”

“傻瓜，当然想了。可是现在还不是时候啊，等你毕业后吧，等这段不安定的时间过去之后再说吧。”

“我总觉得你会有危险，我最近常常因为你做噩梦，我们去别的城市好好生活吧！神户、大阪、京都或者名古屋，哪怕是去四国或者九州都无所谓的啊，只要不在这里。等我毕业之后就走，好吗？”

“好，我们会好好生活的。”大丸微笑着点头，他看到夕子安下心来，也觉得开心。可他是心虚的，他身上的刺青无时无刻不在提醒他是黑道中人。既然走上了这条不归路，是说回头就可以回头的吗？要是一切再重新来过呢？要是大丸并不是黑道中人呢？只是一名普通的大学生，饭店的实习生，运动员，雕塑家，什么都好，只要不是家族的人，什么都好。那又会是怎样的一番生活呢？

这天宇佐美终于抽空赶往涩谷去找贲商量事情，因为交通还好，比约定的时间提早半个小时到了千金夜总会。他想，这个时候贲应该还没到，于是坐在吧台边，自己倒了一杯威士忌，这时却撞见了从贲的办公室出来的高梨雨。

“高梨，这么早？”

高梨看见坐在吧台边的宇佐美吓了一跳。

“哦，是宇佐美君啊，真是吓了我一大跳啊。过来这么早啊？”

“是啊，我找荒川呢。他来了吗？”

“哦，还没呢，还没有，我到他办公室送点儿东西。哦，是上个月的报表，他一直没时间看。说什么来着，荒川君最近压力太大了啊。呵呵。”

“是啊。”宇佐美觉得很奇怪，平时寡言少语的高梨怎么突然这么多话啊。

“那宇佐美君，我还有事情先走了。”高梨说完便离开了。

“干吗这么慌慌张张的……最近大家都神经兮兮的呀。”宇佐美觉得不安，但也没去细想。几分钟后贲到了。

“我现在身份尴尬，到这边来有许多困难啊。”宇佐美边说边脱下外套，接过了贲递来的淡茶。

“涩谷的生意很艰难啊，第二军团真是名存实亡了。除了我的人和毛利的人之外，其他的手下要么去了鬼小岛和神藤那边，要么干脆退出了。一旦有什么突发状况，真是难办啊。”

贲没有喝茶，他给自己倒了杯酒，一饮而尽。

“我也喝酒吧。”宇佐美拿过贲手中的酒瓶。

“我的觉悟，想必宇佐美君也应该了解了吧?”

“贲，你还是太年轻了。多少双眼睛盯着你呢，你一有动作，马上就会被消灭。休虎主公等的就是一个借口而已。”

“但再这么等下去，不等休虎主公动手，我们自己就先扛不住了。你是不知道横田那家伙有多猖狂啊。毛利在衫并那边是顶不住了，现在大丸也被迫去跑船。就高梨一个人在，涩谷早晚也会挺不住的。前三个月的营业额都大幅缩水，除千金还在盈利外，我们的其他生意都关门大吉了。最近还有小痞子大胆地到千金来捣乱，动不动就是议员或者实力财团的公子哥。还有人在场子外兜售药丸，高梨雨抓住后，说是背景硬，不可碰，都给放了。妈的。”

“高梨雨……高梨他有你办公室的钥匙?”

“没有啊。”

“刚才他进过你房间。”

“是吗?”

“说给你送报表。”

“哦，对，是我叫他抽空给我拿过来的。就是桌上这份，上个月的。”

“那他怎么进到你房间的?”

“可能是门没锁吧，我最近总是粗心大意的。高梨雨绝对干净，一起出生入死好几年的兄弟，你也了解，应该信得过吧。”

“可能是我多心了。”

“不过想来可笑啊，本是想以涩谷为中心扩展势力，没想到内外交困，连涩谷我荒川赍也快要保不住了。”

“涩谷均势已破，看来会有大变化了。”

“所以啊，宇佐美君，下定决心吧！休虎迟早会除掉第二军团的人，虽然一拖再拖，但那天总会来的。我荒川赍早就有了一死的觉悟，但不希望死得那么窝囊。我们就是要独立出上杉家，重整第二军团，为贵信大人、广赖君、千左君等人报仇雪恨。丧失信义的人，难道我们还要追随吗?”赍这是孤注一掷了，说不动宇佐美，他明天就会死。

“赍，容我考虑。”

“宇佐美君!”

“好了，让我想想，这件事必须从长计议。还有更重要的事情，你的人里一定有眼线，你得尽快查出来，不然我们会死得很惨。”

“嗯，我会叫高梨立即去办的。”

“不，算了，不能让自己人查自己人。这件事我亲自来办，你就装作不知道。”

“宇佐美君，拜托了。”

当晚，荒川赍设法支开千金夜总会监控室所有当班的人，约了大丸、苍之介和高梨雨去喝酒。几杯酒下肚大家都开心了，一直喝到很晚。赍佯装喝醉，大丸只好送他回家；而高梨则负责送喝得不省人事的苍之介回家。

车上了高速公路，赍便从后座爬了起来。

“喂，你想吓死人啊？你不是喝醉了吗？”

“我装的。”赍语气淡然。他掏出手机给宇佐美打电话。

“宇佐美君，怎么样？”

“录像很多都被洗掉了，什么都没查到。我马上撤。”

“嗯，高梨送苍之介回家了，你也早点儿回去吧，一定注意安全。”

“赍，明天我要回上杉府邸办事，这两天都不与你联系了，你小心点儿。我们谈的事，千万注意保密。”

“宇佐美君……”

“不必说了。如果我没有和你相同的觉悟，你早就死了。”

“是！”挂断电话，赍的心绪还是难以平静。他觉得很累很累。

“在查内鬼？”

“嗯，休虎在我身边放了眼线。”

大丸没再说什么，继续开车。

“大丸，我真想念秋田。”

“赍，我不想干了，跑船也不想干了。再跑几票，赚个一两千万，我就娶了夕子，找个没人认识的地方做小买卖。”

赍看着车窗外的风景，东京的夜色还是那么令人心醉。

“赍，你说话呀。你愿意跟我一起吗？”

“东京不才是你想要的生活吗？”

“我每次跑船回来，都和夕子去上野恩赐公园，总是看到西乡隆盛的雕像面朝着自己的家乡鹿儿岛。也许是因为夕子，也许是因为跑船时孤单的海上生活，我最近有了更深刻的体悟。哪怕是如西乡隆盛般杰出的武士，也渴望着家乡的恬静安逸，渴望过男耕女织的简单生活。也许简单的生活才是真实的吧，并不一定非要书写什么传奇才不枉此生吧，过普通人的生活更幸福啊。西乡隆盛的目光，也带着未能遂愿的遗憾和悲哀吧。”

贲靠着车窗，没有说话。他觉得伤心，默默地流着泪。

他想说：大丸，你不明白吗？如果都能随心所欲地生活，哪里来的遗憾和悲哀呢？但是既然你说出这样的话，作为兄弟当然应该赌上性命去实现的。可是被困在这个叫做东京都的牢笼中的我们，被困在这个现世和命运枷锁中的我们，又有什么是可奈何的呢？

这大概就是宿命吧。

宇佐美从千金夜总会出来，看看四下无人，一脚踏上停靠在路旁角落里的奔驰轿车。

“开车。”

司机戴着鸭舌帽，他并没有发动汽车。

宇佐美心知不妙，赶紧去拉车门。车门已被锁上，枪口已经对准了他。

精明了一辈子的宇佐美，却因为一次掉以轻心便落入了濒死的绝境。这是命，这就是作为一个黑帮人物不可逆转的命运。他自己心里很清楚，很明白，可是当死亡突然到来的时候，他还是感到恐惧，感到不甘心，感到老天不公平。为什么毫无信义的人会死在他的后面？他又恨自己的愚蠢，一个风里来雨里去的狡猾人物，为什么会犯这样的低级错误？现在这些都不重要了。他甚至不知道自己是否会有一块埋骨之地，不知道死后会不会有人来看他一眼。他一生为上杉家效力，不迷恋女人，也没有家庭；没有不良的嗜好，也没有特别的爱好；他积累财富，却不知道是为了什么；他坚守信义，到最后却不得不选择背叛上杉这个姓氏，当着上杉家的参谋却想着怎样除掉上杉家的人；他知恩图报，不能忍受直江家的人惨遭毒手；他器重晚辈，为他们挡风遮雨……

作为一个黑帮人物，他狡诈阴险，手段毒辣。但他从不是为了他自己，都是为了恪守信义。说来讽刺，他是一个恪守信义的卑鄙小人。这样的人，挣扎了一生，也许对他来说，死亡才是真正的解脱。

一声闷响，宇佐美戊辰倒在了车上。他的眼睛瞪着，充满了绝望。有什么好绝望的呢？一瞬间，他便告别了自己所背负的所有罪恶。

“喂，主公，宇佐美被我干掉了，必须行动了！”杀手挂了电话，将车开出市区。

夕子知道大丸出海很辛苦，每天都做一大堆好吃的东西给他补身子。她整天在大丸家的厨房里，戴着可爱的黑框眼镜，对照着料理书和料理教程光碟学习烹调技术，做出一份份美味料理给他的准老公吃。

这天刚好大丸有空，一觉起来，夕子便硬拉着大丸一起去超市买东西，然后回来做饭。

“在外面吃不就好了吗？”

“不，我要亲手做给你吃！”

“太麻烦了吧？我们找家餐厅吃吧。”

“宝贝，我做的饭不好吃吗？”夕子挽住大丸，嘟着嘴，做可怜状。

“呵呵，好吃。夕子，你真可爱。”

大丸也不知道自己怎么了，会说出这样的话。经过这么多事情，只有和夕子在一起的时候，他才感到安心和愉快，那种淡淡的幸福让他觉得无比温暖。他不知道，平常那个眼神凶狠的自己一在夕子身边就会消失，眼神里只会写满温柔和依赖。

“大丸，我们结婚吧。”路过婚纱店时，夕子忽然转头对大丸说。

“结婚嘛……”

“哎哟，就是说说也不愿意呀……”

“呵呵，走啦。”大丸拉着不高兴的夕子钻进超市里。

两个人一边说笑一边采购食材，幸福的样子惹来了好多羡慕的目光。

“对了，我还得去趟赍那里，顺便去取几瓶酒。那小子最近买了几瓶好酒呢，哈哈。”

“你很会贪小便宜啊！”

“我是去给他个大惊喜。有人陪他喝酒，那个单身汉高兴还来不及呢。晚上叫他过来一起吃饭吧。”

“好呀，那我先把菜拿回去。”夕子伸手向大丸要车钥匙。她最近刚学会开车，新鲜劲还没过，娇小玲珑的她开着大丸的 GT–R 也是很拉风的事情啊。

“才考的驾照嘛，得意个什么。”

“撞坏了，你不许怪人家。”

“当然要怪了，谁叫你技术差。”

“哼，坏丸子！”

“什么丸子？”

“你就是我的丸子嘛！”

“好啦，钥匙给你。开车小心点儿啊。”

“亲一下！”

“喂，这里不好吧?”

“我都不害羞，你一个大男人还害羞!”

大丸趁旁人不注意，迅速亲了夕子的额头一下。

大丸和夕子告别后，心里还装着满满的幸福，一脸灿烂笑容。他坐出租车去了千金夜总会，却被告知贲有事已经离开了。

“大忙人嘛。”大丸才想起贲可是第二军团的主将了。他有种莫名的失落感，不能追随在贲的身边，总觉得遗憾。那天喝了酒，跟贲说出自己的打算，可是想想贲今天的地位，怎么会轻易放弃，去过普通人的生活呢?

他看看天色已经暗了下来，便又打车准备回家。夕子正在家中准备丰盛的晚餐吧?想着夕子穿着蕾丝边的小围裙，认真地烹制每一道菜肴，温暖的灯光照出她甜美的笑容，真是幸福啊。

快到家门口的那条街时，却意外堵车了。

“这里是背街，怎么会堵车呢?”大丸嘟哝着。

“前面出车祸了吧?真是的。”司机也抱怨起来。

大丸回家心切，就下了车往家走去。前面果然是出车祸了。他拨开围观的人群，看到一辆 GT–R 被撞毁在路中央，挡风玻璃都被撞碎了。他步步靠近，心不停地往下沉，他简直不敢相信自己的眼睛，不能呼吸了。那是他的车，车上坐着……

他推开阻拦他的交警冲了过去，夕子满脸是血，夹在车中，已经停止了呼吸……

大丸哭喊着，他想抱住夕子，手却无法伸进去。他无助地哭喊，撕心裂肺的疼痛麻木了全身……

“夕子，你醒醒……医生呢……救她……妈的，你给我救她……夕子，醒醒呀，醒醒呀……夕子……你给我走开，她没死……你救她，救不活她我杀了你……你是我想娶的人啊，夕子……”

大丸悲痛欲绝，整个身子趴在地上，剧烈地颤抖着。这时两名警察过来安抚他的情绪。大丸忽然一个激灵，甩开两人，没命地向前奔跑。等警察反应过来，大丸已经消失在街道尽头……

他不知道自己跑了多久。他躲进路边一个堆放垃圾的小房间里，泣不成声。

浅井青伊戴着墨镜，在一间转让出租的店铺前驻足良久。她准备租下这间店面，开一家和服店。想到和服，她总会难过与愧疚，忍不住掉下眼泪。明明知道那个人再也看不到自己穿上和服的样子了，如此留恋又有什么意义呢？她只不过是一个弱女子，怎么和强大的黑帮家族对抗呢？可是走到今天这一步，早已身不由己，后悔有什么用？

“打搅了，浅井小姐。”一个声音从青伊身后传来，吓了她一跳。

“你是？”青伊惊恐地问。

来人取下墨镜，正是第一军团主将鬼小岛丰海。

“请上车吧。”鬼小岛走过去拉开车门。这个时候由不得浅井青伊了，她只能硬着头皮上车。

“浅井小姐大概是想盘下这家店吧？”

浅井咬着嘴唇不说话。

“啊，还有想取回休悟公子那里的……一些东西。”

青伊听到鬼小岛的话，猛地瞪着他，但鬼小岛并不为所动。

“你们太过分了。”

“这里是五十万美元的支票，还有你想要的东西。最后帮我们做一件事，你便和上杉家没有任何瓜葛，可以过你想过的生活。”

“你们是黑帮，我凭什么信你们？”

“这件事很简单。”

“什么事？”

“帮我们把荒川贲约出来。”

青伊瞪大了眼睛。她低下头，眼泪掉下来。她再次抬起头，眼神变得倔强。

“要是我不呢？我不需要你们的钱！”

“正如你所说，”鬼小岛举起一个信封，手一抖，一沓照片散落在车里，“我们是黑帮。”

青伊掩面而泣。她恨自己认识了休悟，她恨自己。可是她终究是女人，一个女人在这样的情况下，又能如何呢？

毛利苍之介不知为什么，这个下午特别思念广赖。他忽然想起以前一起打棒球的事情。

那个时候休虎、丰海、广赖，还有自己，是多么好的朋友啊。无忧无虑地在草坪上奔跑，分享胜利的喜悦，让那些欺负他们的人闻风丧胆。那是多么美好的时光啊！可这才过了多久呢？五年？八年？还是十年？却变成了这个样子。

他决定明天去看看广赖，广赖一个人实在是怪寂寞的。那个小子从小就争强好胜，为兄弟两肋插刀，却什么都不说。他就是那样默默做事的性格啊。可终究这个小子是害怕寂寞的吧？看到父亲去陪伴他，应该很难过吧？苍之介真想再叫广赖一声哥哥啊，那个保护着自己长大的男子汉。

外面的雨小些了，公司也没什么事情。衫并这边本来就没多少生意，现在又被第一军团打压，还有什么事情好做呢，于是毛利苍之介开车回了家。当他把车停在路边时，后面的一辆本田越野车猛撞了上来。他的头重重地撞向方向盘，他还没回过神，身上便连中数枪，甚至来不及叫一声，他便倒在了血泊中。他睁着惶恐的眼睛，他的面庞还那么年轻。

那时候也是这样的天气吧。天空灰蒙蒙的，风呼呼地吹散了乌云，阳光努力透过云层，一束束射下来。球场上除了四个孩子没有其他的人了。

“好的，广赖全垒打！”

“休虎少爷全力冲垒。是的，他做到了！”

“哈哈，太棒了！我们是所向无敌的！”

“苍之介，快跑啊。跑啊，臭小子！”

“哥哥。”

……

荒川赍提前到了。新宿歌舞伎町还是那样喧闹，而这间在背街的酒吧却显得冷清些，里面没有什么人。接到青伊电话的时候，赍当然是怀疑的，但他还是来了。因为在听到青伊“喂”的一声时，他就投降了。

无论如何，相信她最后一次吧。那样出现在他生命中的一个女子，哪个痴情的男人能够甘心就此错过，老死不相往来呢？

赍心里埋藏着最后的爱，还带着秋田泥土芬芳的爱，怎么能说磨灭就磨灭掉呢？

他对着镜子仔细地刮胡子，梳理自己长长了的头发，穿上熨烫过的西服和擦得锃亮的皮鞋。他对着镜子看着自己，挤出一个笑容，叫自己安心。

他甚至没有带枪。他看了看自己的手枪，犹豫了一秒，然后将它扔进抽屉里，拿上车钥匙，出门。

他推门进了那间酒吧。灯光昏暗，吧台里的酒保甚至都没看他一眼。

从狭窄的楼道上走下来一个黑衣人。

“荒川赉。”

赉下意识地转身就逃，一颗子弹从他的脸颊擦过。他一脚踹开门冲了出去，没命地狂奔。他听到又响起了三声枪响，但他没有倒下。他继续狂奔，融入了人流。他脑袋一片空白。他撞到一个女孩，那女孩穿着和服。满大街的女孩子好像都穿着和服，像在秋田的节日里。盛装的女孩，在灿烂的烟火下掩面微笑。

他什么也听不见，他只能一个劲儿地狂奔。

道路开阔了，他跳上一辆出租车。惊魂未定的赉，什么也听不见，什么也看不见了。

赉明白，这是圈套！他什么都明白，唯一不明白的是自己为什么会一直深爱着那个突然消失掉，又突然出现的女孩。

“赉……”

“啊……”

赉忽然惊醒，他听到了。他坐在出租车里，霓虹在窗外无休无止地尽情闪烁。

“开车！”

#【第五卷】

位于港区的“末源”鸡肉料理店，在东京已是风行百年的名店，也是著名右翼作家三岛由纪夫在1970年11月24日享用最后晚餐的地方。翌日，这位获诺贝尔文学奖提名的日本文学史上重量级的人物便在政变失败后，用武士道仪式结束了自己的生命。

但高梨雨当然不知道这些，他只知道今晚他将在这里与上杉休虎共进晚餐。

休虎还未到，高梨雨将领带解开，点了清酒先自己喝起来。

如今第二军团已经土崩瓦解。上杉家和武田家的联合行动组已经对荒川部众家将发起剿杀。他庆幸自己选择了依附上杉家，从直江广赖被杀的那一刻他就看出，第二军团长久不了，表明效忠休虎实乃明智之举。他为自己的识时务感到由衷的高兴。

这个时候门被拉开，神藤卫希脱鞋走了进来。

高梨雨一怔，觉得不对，但看神藤卫希只有一个人，便没有起疑。毕竟自己刚刚露出内鬼的身份，是应该先考察考察。他站起身，谄媚地对神藤点头微笑。

“高梨君来得真准时啊。”

“啊，早到了，主公是……”

“非常时期，主公可没有高梨君这么好的雅兴，还敢在公开场合露面。”

神藤的话显然是在讥讽高梨。可人在屋檐下，不得不低头。高梨也不好说什么。

“神藤君，敢问事情进展如何？”

“饭盛丸正提着刀到处找你呢。”神藤诡异地一笑，把高梨惊出一身冷汗。

“点些菜来吃吧。就招牌鸡肉火锅吧，喝最好的清酒，就这样吧。”

“什么时候能见到主公呢？”

“哦，现在事情还没有完全解决呢，你就安心地在这里用餐吧。对了，高梨君知道这里吧？”

“啊？什么？”

“哦，这里可是三岛由纪夫丧命前夜用餐的地方呢。”

“你这话什么意思？”高梨又惊又气，站起身来。

“哈，开个玩笑而已。主公今日有事，不便相见，我也要告辞了。请安心用餐吧。”

“这……”

“好了，实在辛苦了啊，高梨君。”神藤转身走出房间。

“好好吃吧，这最后的晚餐。”他冷冷一笑，整整西服，带着手下离开了。

神藤走后，侍应生拉开了滑门，端上了鸡肉火锅。高梨早没了胃口，起身准备离开。他摸摸腰间的手枪，总算是安心一些。过了今天，拿到自己的酬劳他便远走高飞，远离这地狱般的生活。刚走到门口，他便觉得腹中绞痛，再走一步，已经痛得全身无力，冷汗直冒。他跪倒在地，口中吐出鲜血。

“来人……”

他想叫人，四下却是空无一人。他扑倒在冰冷的石板上，再没有了力气。他眯缝着眼睛，鲜血从口中不断溢出。高梨没有品尝一口这最后的晚餐，就这样狼狈地断了气。

也许在他弥留的片刻，心中充满了歉意，对宇佐美戊辰的，对荒川赍和饭盛丸的。他们曾情同兄弟，共同进退，在涩谷书写属于自己的传奇，而他却成了叛徒，背叛了真挚的情义。他也许在那一刻翻然悔悟，像他这样的人，死有余辜。

浅井青伊穿着灰色风衣，披散着染成咖啡色的长发，戴着大墨镜，将两只大行李箱办完了托运。她就要离开东京去法国巴黎了，去投靠数年没有联系过的母亲。成田机场人来人往，也许以后很多年她都不会再回到这里。

那些美梦与噩梦，都让它们留在这里，这个叫做东京的荒诞的地方。

她已经筋疲力尽了。在这里，她已经无法生活下去，对她来说，这里已经没有什么好留恋的。虽然带着一些歉疚，但一个女子对那些事情实在是无能为力的。

“赍，你也是想看到我幸福的，对吧？”她只能这样安慰自己。在这个布满陷阱的城市，她和赍只是无知的猎物。

终于登机了，她找到自己的座位坐下。她取下墨镜，窗户上映出的脸是那样憔悴。雨点打在舷窗上，然后滑落，将她的容颜分割得支离破碎。

“青伊。”是荒川的声音，青伊大惊失色。她转过头，满面是血的荒川赍正看着她。她尖叫起来，满世界却只有自己的声音……

“小姐，小姐。”乘务员叫醒了昏睡的浅井青伊。

“我们的飞机马上就要起飞了，请系好安全带。”

“哦，好。”

青伊系好安全带，重新戴上大墨镜，两行清泪滑落下来。她默默地流泪，直到飞机升上夜空。她忘记了对这座城市说一声“再见”，只是掉泪。这是她唯一还能为她深爱的贲做的事情。

坐在车上一直看着船离开，大丸才调转车头去了上野公园。

他撑着伞一个人在雨中散步，裹着外套，戴着鸭舌帽。他的眼睛血红，每走一步，心都会疼痛一下。不久前自己深爱的女子还陪伴在身边。

他在西乡隆盛的雕像前停下。他没有抬头去看，只是静静地站在那里。他的脑海里是秋田的景物。秋田的烈火般红艳的枫叶，沿着雄物川延伸到远方的山脚下，阳光洒下来，形成一片片金色波澜……鼻息中是清新的空气，夹杂着一些学校旧课桌的味道……白衬衫上的血渍还没有洗干净，便又和小流氓打起来……那些三三两两背着书包、穿着洁白的长筒袜的女生，还有吐出的淡灰色的烟圈……

曾经的梦想，也许是能够将尸骨埋葬在太平山脚下，埋葬在温热的家乡土壤之中。

“真是老套的想法啊。”

大丸无可奈何地苦笑一下，便转身离开了。

大丸脱掉衬衫，从车里取出准备好的西服换上，将刀插在腰间，然后驾车疾驰在东京街头。

凌晨三点，雨下得更大了，大丸驾车撞开了上杉家府邸的大铁门，保镖们蜂拥而上，将停在院子中央的车团团围住。

大丸深吸一口气，从车里面跳出来，二话不说，拔出枪就是一阵扫射，雨中惨叫连连，数人应声倒下。紧接着，他抽出插在腰间的大刀，疯狂地劈砍过去，吓得上杉家的保镖急向后退，不到一分钟便尸体遍地。他甩开西服外套，裸露出上身狰狞的刺青，脖颈上

“无赦”二字更是令人心惊。他眼红如血，龇牙咧嘴，犹如一个发疯的恶鬼，要把敌人撕个粉碎。他的身上已中了数枪，但他却好像毫无痛觉，仍提着刀站在众人面前。

“休虎，我要你血债血偿!”

大丸仰天长啸，然后提刀发疯似的向前猛冲。枪声不绝于耳，两枪正中他的膝盖，大丸倒地，再也无法前行一步。

他遍体是血，再也说不出一句话，发不出一声怒吼。他的眸子渐渐失去了光彩，眼神再也无法杀气冲天。他看到在糖果店里穿着制服的夕子，她甜美的笑容，她嗲声嗲气地说：欢迎光临。

这样的死，就是作为饭盛丸最高的觉悟，这样的死，给他短暂的一生画上了完满的句号。渴望着像一名武士一样战斗至死的大丸，总算如愿以偿。

没有人会为他塑造雕像，却说不定，他的勇猛，他的忠义，他的信仰，他的传奇会在东京流传开来。

在东京发生的多起恶性枪击事件引起了社会上民众的强烈不满，黑帮肆无忌惮的恶劣行径遭到全社会的指责，政府不能再坐视不理，要求警察司不惜一切代价，在一个月内侦破案件，并强力打击东京的黑帮组织。

一周之内，十多名上杉家和武田家的黑帮人员被审讯。

随后，上杉家与武田家正式接洽、会晤。一周之后，上杉家对地下世界宣布撤销其家族第二军团的番号，上杉家势力全部撤出东京。

整个地下世界一片哗然，曾经在东京地区呼风唤雨、显赫一时的大家族上杉家族，就以这样惨淡的方式淡出了人们的视线。东京迎来了前所未有的太平局面，犯罪率大幅度下降。武田家用一年时间重建起东京地下世界的新秩序，确立了不可动摇的黑帮家族霸主地位，赢得了东京地下贸易的控制权，武田强人从此声名显赫。随后，武田家将生意逐步转为合法化，并热心于公益福利事业，武田强人更脱胎换骨般地以正面公众人物形象进入大众视野，甚至被选入众议院，成为参议员。

而上杉休虎回到了父亲最早建立家业的地方——静冈，并将生意努力向关西拓展，但遭遇地方势力的顽强抵抗，很难在关西维持，于是干脆打掉直江家和桃井家的势力，在静冈和爱知两县重新发展起上杉家势力，偏安一隅。

随着时间的推移，很多当时被津津乐道的事情已被淡忘，但当人们谈起曾经轰轰烈烈的上杉家和武田家的东京争霸时，不免会想到涩谷那群厉害的小子和他们的黑帮传奇故事。结局的悲情，令人扼腕叹息。

“那是一场惨烈的屠杀，据说只有涩谷之王荒川赍下落不明，其他人都死了。”

“对呀，听说饭盛丸本来可以逃走的，但那小子的确有古代武士的风范，单枪匹马去杀上杉休虎，结果惨死……”

“休虎早有准备，饭盛丸应该明白的，听说是抱着死的觉悟去的呀。”

“哎，你们会不会太夸大呀？”

“本来都是传说嘛，还认真计较起来了啊，笨蛋……”

在卖关东煮的小摊上，常常会听到这样的议论。多少市井少年又在做着成为涩谷之王荒川赍那样的大人物的美梦，做着赍和大丸年轻时同样的梦。

出海后，贲生病了，有些发烧，一直昏睡，昏睡中不断有混乱的梦境，那些记忆的碎片拼凑出熟悉的画面。鹿儿岛破旧的木屋，秋田凌乱的街道，绚烂的烟火，学校被涂鸦的墙壁，热腾腾的加了西红柿酱汁的鱼丸；接着是和一群人打架斗殴，大丸不停呼喊自己的名字，他们疯狂地奔跑，穿过迷宫一般的巷弄；然后是漂亮的和服，女孩牵着他的手微笑，沿着公路一同回家，飞驰而过的车辆扬起灰尘；然后是妈妈死去时候的样子，她的眼神充满了绝望，鲜血一点点扩散开来，染红了整个空间……贲恐惧极了，他逃跑，无数的魔鬼出来阻拦他，要将他撕碎……他认识的人一个个死去，青伊死了，大丸也死了，他掉进无尽的深渊，他哭喊着，被黑暗埋葬……他无比绝望，就在这个时候，一切都静止了，他听到一个甜美的声音说，我爱你……

第三天的时候，贲才从床上爬起来。他踩着拖鞋，穿着短裤，赤裸着上身走出舱门，阳光照得他睁不开眼睛，海风扑面，吹起他凌乱的发丝。

他走上甲板，眺望大海。他把心都掏空了，只身立于苍茫之间，感慨万千。

米叔走到他旁边。

“贲，广播说……”

“说吧，没关系。”

“宇佐美戊辰、毛利苍之介、高梨雨还有……”

“说吧。”

“还有饭盛丸，都遇害了。但我的人打听到了，高梨雨是休虎的人，他是内鬼。”

贲不语，他的视线并没从蔚蓝的大海移开，海风吹得他睁不开眼。

他低下头，双手合十，眼泪还是无法忍住。

他从口袋里掏出糖果玻璃瓶，看了看，然后用力掷向海天之间。

汽笛响起，日本成为远方，贲不知道什么时候才能重新踏上那片土地。但他深信他一定会回去，还有没收场的事情，还有没兑现的承诺。

但眼下还是先说声“再见”吧，姑且让这无声的海，保管那些支离破碎的记忆。

完

刘辰希

2009-2-5

【后记】

低吟的“孔雀王”

故事当然不能就此结束，因为荒川贲内心的复仇火焰熊熊燃烧着，成为他继续生存下去的重要理由。他改姓“织田”，在泰国养精蓄锐，培养势力，伺机而动，决心有朝一日报仇雪恨。控霸东京多年的武田家突然出现神秘人物，致使家老倒戈，内讧威胁着强人的统治地位。上杉休虎岂肯偏安一隅，伺机率众重返东京都。

局势风云突变，十年之后，三股势力重聚东京都，谁才是人中之龙，战无不胜？谁才能一统江湖，坐拥天下？恩怨情仇，胜者为王。

背负着血海深仇的荒川贲化身为魔，手持鬼切“孔雀王”，践行他的“仇控王道”！

心中的传说

写《日本黑帮》必然是突如其来的灵感，一直在内心崇拜着马里奥·普佐，所以想写一部向《教父》致敬的作品，同时又对日本武士道和战国历史十分感兴趣的我，在08年的夏天看完海音寺潮五郎先生的作品《上杉谦信》后，便决心写出这个带着浓厚漫画脚本色彩的日本黑帮传奇。在人物姓氏上袭用战国时代“越后之龙”上杉谦信家系和“甲斐之虎”武田信玄家系的武将们的姓氏，算是增添一些乐趣。

书中，褒扬一直怀揣着黑帮侠义与坚守信念的梦想，所以才去勇敢地战斗，为保卫自己所珍视的东西而不惜一切代价的年轻人；同样赞美单纯而无瑕的情感和怀念淳朴简单的童年情怀。这些东西，相信在小说中都有所呈现。像饭盛丸那样血性而单纯，又有着个人信仰的人物，实际上是存在于笔者心中完美的男子形象，而在残酷环境中改变着的人，诸如上杉休虎等，也同样在承受着内心的煎熬与良知的折磨，所以走上这样的人生道路，本就是走向毁灭。

身不由己与命运的可悲，都是在一开始选择人生道路时出现错误的结果，所以让饭盛丸这样可爱的人物死去，我也心有不甘，可是为了更好地说明这一点，也只好如此了。

再说说小说之外的话题。眼睁睁地看着日本的漫画家和作家们拿着中国的历史故事肆无忌惮地改编后，再返销中国，例如司马辽太郎的《项羽与刘邦》之后，日本的历史文学在中国也有不错的市场，改编自《三国志》和《三国演义》的漫画和游戏更是风靡一时，我就寻思着好好地反击一把。日本的朋友能够写出以中国为背景的精彩故事，那我们自然也能写出以日本为背景的好故事来吧。

相信是这样的。作为年青一代的我们，也是在尝试着中日文化领域的交流。

但还是由衷地希望大家能够喜欢《日本黑帮》，鼓舞着我继续写下去。